ドラキュラやきん！5

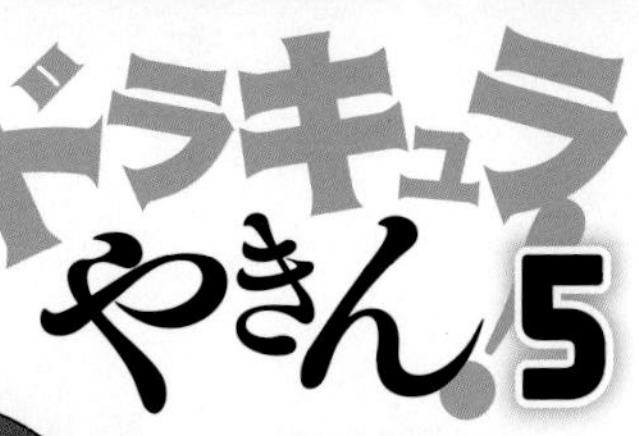

和ヶ原聡司
イラスト有坂あこ
satoshi wagahara
ill. aco arisaka

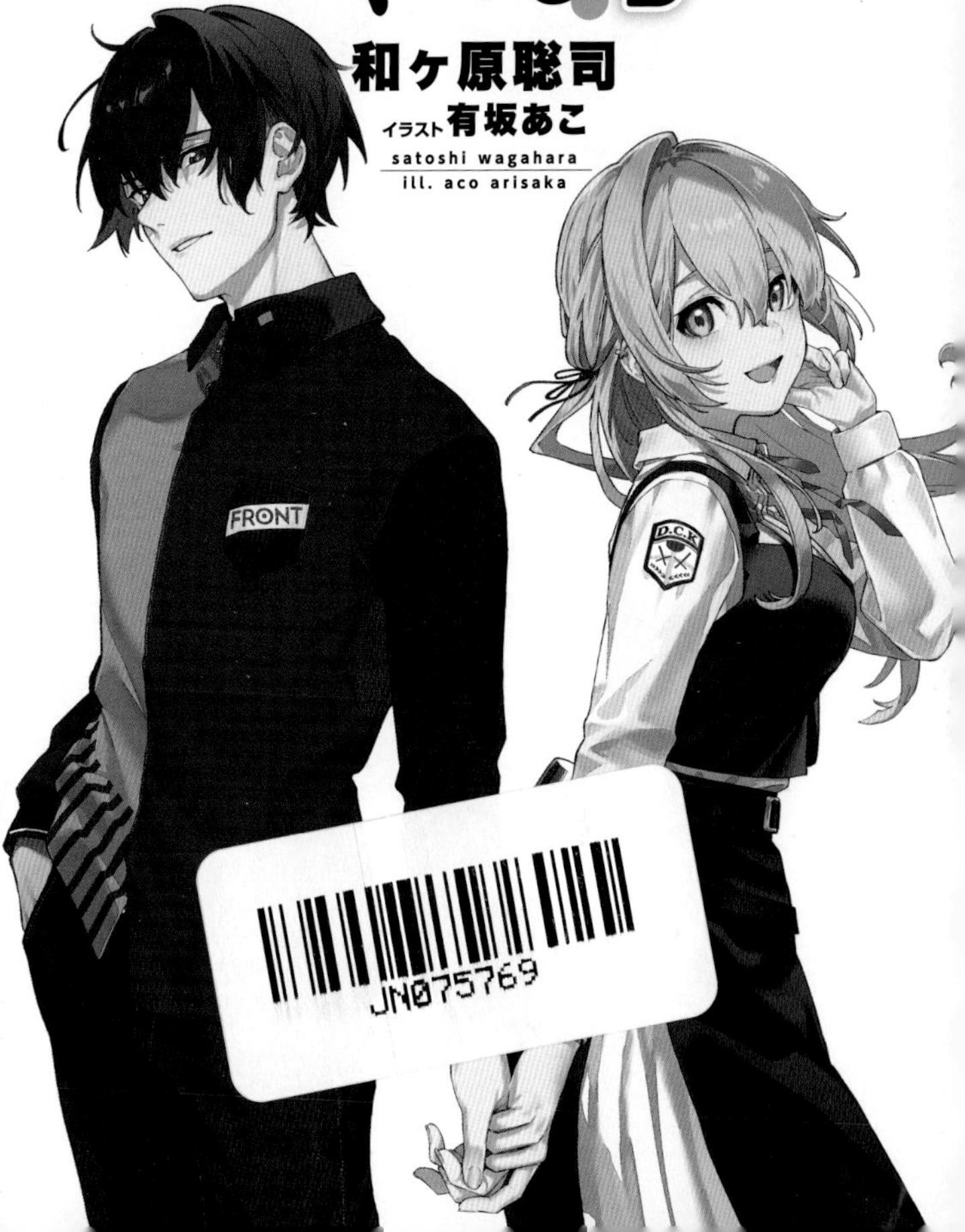

「私はユラのことを愛している自分に気付いたの。
だから正々堂々、あなたと戦うことになるわ」
「……」

「ここが……ユラとワラクさんの、故郷……」

デザイン ■ 木村デザイン・ラボ

ドラキュラやきん！

DRACULA YAKIN!

5

和ヶ原聡司

イラスト 有坂あこ

satoshi wagahara

ill. aco arisaka

第一章 吸血鬼は健康診断を受けられない

DRACULA YAKINI!

気が付いたときには、既に拘束されていた。

薄暗い場所だが、白い壁に白い床ははっきり見える。

微かに漂う薬品臭さから病院とすぐ分かる独特の空気。

「こ、これは……ぐっ……」

足と腰、そして腕が診察台のようなものに固定されて、まるで俎板の鯉のように、動かすことができない。

「な、何なんだ、これっ！　おい！　誰か……！」

虎木由良は、身をよじりながら叫ぶと、

「おめざめですか……」

一体いつからそこにいたのか、まるで闇が溶けだしまた形を成したように、比企未晴が唐突に現れた。

「み……はる？」

だが、どうしたことだろう。

未晴の顔に生気が無い。瞳も瞳孔も開き切り、虎木を見ているようでどこか虚ろだ。

「み、未晴、これはどういうことだ。俺、家にいたはず、ここは一体どこ……」

「……おかげんはいかがですか。とらきさま」

「未晴？」

「……はじめてください」

「え？」

未晴は虎木の問いに答えず、虚ろなまま合図を出した。

すると、信じがたいことが起きた。

未晴の合図で現れたのはなんと闇十字騎士団の騎士団長、ジェーン・オールポートだった。

見知らぬ騎士を従えて、虎木の拘束されている診察台の横に立つ。

「な、なんであんたが、未晴と……」

オールポートは拘束された虎木を感情の無い目でじっと見下ろすと、未晴が去った方に向かって手招きする。

「ユラ！」

「アイリス⁉」

そこには、闇十字の同僚のはずの騎士に後ろ手に拘束されているアイリス・イェレイが、まるで罪人のように引っ立てられてきたのだ。

「おい！　何なんだこれは！　どういうことだ！」

「ユラ！　私んぐむぐ……！」

アイリスが何かを叫ぼうとするが、その口は背後の騎士に封じられる。

「余計なことを言うな、シスター・イエレイ。最後に顔を見せてやっただけで温情があったと思え。連れて行け」

「おいっ！　アイリス！　テメェ、オールポート！　これは一体どういうことだ！」

「どうもこうもない。我々にとって必要なことをするまでだ」

「必要だと⁉」

「ま、時間も限られている。言っておくが、お前を拘束している鉄の枷はただの鋼鉄じゃない。変身したヴェア・ウルフでも傷一つつけられない闇十字の特別製で、鉄鉱石の段階で聖別をかけているから吸血鬼の術すら封じる。霧になって逃げられると思うな」

「ぐ……くそおおおっ‼」

いつの間にかオールポートの手には、得体の知れぬ細長い機械が握られていた。

「もう足掻いたところでどうにもならん。諦めろ」

「うぐっ」

全身の拘束が一段階強まり、オールポートが虎木の口元に細長い機械を近づける。

「ユラ・トラキ」

オールポートは虎木の目を覗き込んで、にやりと笑う。

そのとき思い出した。

オールポートは『名前を捉えて』ファントムを意のままに操る術を心得ている、と。

だが、彼女のその術は虎木（とらき）には通用しなかったはずだ。

「何を考えているか当ててやろうか。私はお前の名を捉えられなかった。だからこの得体の知れない機械を口に入れられることはない、と」

「……それがどうした」

「だとしたら残念だったな」

オールポートの顔が、邪悪な笑みに染まる。

「こいつは鼻から入れるものだからな」

「んがっ!!」

次の瞬間、先端が光った細長い管が虎木（とらき）の左の鼻の穴を貫いた。

「はい、お疲れ様。とりあえずこれは速報みたいなものだ。もっと細かいものは一週間で自宅に郵送するから」

「……」

「うう……分かりました」

虎木とアイリスは並んで椅子に座らされ、オールポートが二人の前で書類をめくりながらとうとうと検査結果を読み上げる。

「シスター・イエレイは節制に励んでいるようだな。半年前の本国検査の数値と大きな変化はない。だがユラ・トラキ、貴様の胃は大分荒れているな。食生活が乱れているのではないか？　もしくは過剰なストレスに晒されているとか……」

「誰のせいだと思ってんだっ‼」

真剣に頷くアイリスと違い、虎木はその場でオールポートに殴りかからんばかりの勢いで怒鳴った。

「これまで何度言ったか分かんねぇけど何っ度でも言うぞ！　お前らが俺の生活を騒がせなけりゃ俺はストレス貯めたりもしねぇし平和に生きていられんだ！」

「まぁそう言うな。世界広しといえど、吸血鬼の健康診断ができる場所なんかそうそう無い。吸血鬼になってこのかた、健康診断なんぞしたことないだろう」

「夜学に通ってた頃に受けたわ‼」

「それとて何十年も前の話だろう」

「だからって灰にされて誘拐されて問答無用で鼻から胃カメラ突っ込まれるいわれはねぇよ‼　何か⁉　お前らには俺を粗末に扱わなきゃいけないルールでもあんのか⁉」

「割とあるな」

「あるのかよっ!!」

言ってのけるオールポートに逆に衝撃を受けるが、オールポートはどこまでも真顔だった。

「ああ、ある」

いや、真顔どころか眉根を寄せて虎木を、いやアイリスをも睨んだ。

「なぁ、ユラ・トラキ。そしてシスター・イェレイ」

「あ？」

「はい？」

「私がザーカリー・ヒルのライブ終演後のことを知らないとでも思っているか」

何のことを言われているのか、虎木は一瞬思い出せなかった。

「あう」

だが隣に座るアイリスが顔を赤くして顔を伏せたので、すぐに思い出した。

「……何で知ってんだ」

流石に虎木もバツが悪そうに視線を逸らした。

ザーカリー・ヒル。

古妖にも匹敵する力を持つ長命の吸血鬼であり、虎木の吸血鬼としての師であり、アイリスにとっては事実上の継父でもある。

ザーカリーは吸血鬼でありながらジャズプレイヤーとして名をはせており、来日に当たって闇十字との間に起こった一悶着が一応の解決を見た後、虎木とアイリス、そして虎木のアルバイト先のコンビニエンスストア、フロントマート池袋東五丁目店のオーナー、村岡一家をライブに招待した。

オールポートが言っているのは、そのライブが終わった後、会場でアイリスが虎木に対して起こしたアクションのことである。

「シスター・イェレイには話したが、私はな、ユーニスとザーカリーのせいで散々な目に遭ってきてるんだ」

今度はオールポートの方が虎木を食い殺さんばかりの顔になる。

「単純に修道騎士がファントムとよろしくやっているのが外聞が悪いというだけの話じゃない。外聞が悪いということは内側にも火種を抱えるということで、私がユーニスの勝手のためにどれだけ火消しに奔走したか分かるか。分かるか⁉ それをお前達はっ！」

「い、いやだって……それは、俺は別に……うわあっ⁉」

オールポートの持つ魔性の技は、名前を捉えるだけではない。

空中浮遊に目にもとまらぬ機動力、圧倒的な膂力と、本当に人間なのかと疑いたくなるほどの異能の数々を備えており、その内の二つが発動して今、虎木の顔面目掛けてオールポートは本気のケンカキックを繰り出してきた。

お互い椅子に座っていたからなんとか回避できた。

だがオールポートはどう考えても本気で当てにきていたし、もし当たっていたら鼻の骨が折れる程度では済まなかったのではなかろうか。

派手な音を立てて倒れた椅子を起こすこともできず、虎木は中腰の姿勢で立ち上がったまま抗議するが、オールポートは意に介さない。

「七十過ぎの男がジュニアハイスクールの小僧のような不貞腐れ方をするなっ！」

むしろそのまま虎木の胸に白木の杭を突き立てかねない勢いだ。

「お、お、お、お前っ！　か、仮にも健康診断だとか言ったそばから俺の顔を物理的に潰す気かよっ！」

「潰されて死んだほうが良かったかもしれんぞ？」

「あ？」

オールポートは親指を横に向け、虎木は二撃目を警戒しながらそちらに目を向けたとき、

「　　　　」

そこには眼窩に底知れぬ闇を湛えた比企未晴の姿があった。

「ひいっ⁉」

虎木は甲高い悲鳴を上げる。

一体いつからそこにいたのか。宇宙の闇にすら匹敵する目をした比企未晴が呼吸の音すらかき消してそこに座っていて、虚空をぼんやりと見つめている。

それは虎木を見ているようで、アイリスを見ているようで、それでいて何も見ていないようでもあった。

「み、み、みは……未晴？」

「」

精巧な蠟人形かなにかではなかろうか。

そんな思いがよぎるほど、未晴の存在感は虚ろだった。

闇の存在、ファントムの中でも『知的生命体』としては最も生命力に満ちた存在であるヤオビクニの一族であるはずの未晴が、まるで安い和製ホラーメディアでカリカチュアライズされた日本人形のように、真っ暗な目をただ見開いていた。

「とらきさま」

「は、はい……？」

「わたしはとらきさまのことは、ずっとずっとおしたいしておりますし、しんらいしております」

「は、はぁ……」

どこかのっぺりとした、魂のこもらない未晴の言葉に生返事をするしかない虎木。

「いけないのは、そこのおんなですね」

「ひっ‼」

未晴の首がホモ・サピエンスの骨格ではあり得ない動きと角度で回った気がして、虎木はまた悲鳴を上げてしまう。

未晴はその虚ろな目で、虎木の隣でただ顔を赤らめていたアイリスを見据える。

怯える虎木とは違ってアイリスは未晴のその視線を堂々と受け止め、顔を赤らめつつも胸を張った。

「そうね、宣戦布告をしないのは、礼儀に反するわね」

「せんせんふこく?」

「……はああああああったくこれだからイェレイの騎士はあああ」

虎木は慄き、未晴の眉間にはぎゅっと皺が寄り、そしてオールポートは心底嫌そうに溜め息を吐いた。

「ミハル。私はユラのことを愛している自分に気付いたの。だから正々堂々、あなたと戦うことになるわ」

「おま……」

宇宙の闇から異形の怪物を呼び出すかのようなアイリスの宣戦布告に虎木は言葉を喪うが、

「　　」

虎木がアイリスを制止する前に、闇が溢れた。

そして。

「この……この……このこのこのこのこんこんこんこんこんんん……‼」

「何よ」

闇が膨れ上がる。

「モテる男は辛いな。さあユラ・トラキ。もう帰っていいぞ」

「馬鹿野郎フザけんな！　お前、お前この状況放置する気か！」

軽く手を振って部屋を出て行こうとするオールポートに追いすがろうとする虎木の背後で、どす黒い殺意と殺意が膨れ上がった。

「こん虎木様ん惑わす泥棒猫が！　ルームウェルの騒ぎで甘い顔したんが一生の不覚やわ！」

「別にあなたとユラは恋人でもなんでもないのに、泥棒猫だなんて言われる筋合いはないわ！　ユラを惑わしてるのはどっちよ！」

「よくもまあしゃあしゃあとぬかしよんな！　うちと虎木様との仲に星の裏側から来た女がよう横やり入れられる思うとるんやったら大間違いや！　今すぐにでもこの池袋地下深く埋めて比企の業火で焼き払たるから覚悟しよし！」

「あなたの身勝手な煩悩はキョートのテンプルやシュラインでも浄化されなかったみたいね！　ユラとベッドをとかなんとか言ってたけど、あなたの煩悩こそキョートのダイモンジに焼き尽くされればいいのよ！」

「この」

「うちと虎木様が添い遂げる未来はずうっと前から決まっとるんや！」

「私はユラに人間に戻ってほしい！　彼の人生の目的に寄り添っているのは私よ！」

キャットファイトなどという生易しいものではない。

虎木の背後で今まさに、龍虎の爪牙が相討たんとしていた。

「あとなぁジェーン・オールポート！　ここは一体どこなんだ！　俺に寝間着のスウェットのまま家に帰れって言うのか‼」

自宅である東京都豊島区雑司が谷のマンションのベッドルーム兼バスルームから、朝の陽光に晒され灰になった虎木は、眠りについたときのままの姿で復活していたのだ。

灰になるのは肉体だけのはずだ。何故わざわざ寝間着を持ってきたのに、普通の服がどこにもないのか。

「明日のお天道さん拝めると思わんほうがええで！」

「私はユラが人間になるまで、夜のままでも構わないから！」

「誰か助けてくれっ‼」

虎木の悲鳴は、分厚い壁に吸い込まれ消えた。

「シスター……中浦……余計な、ことを……」

「あのまま放置していたら、サンシャインが更地にされそうでしたのでね」

十数分後、そこにはバサバサの髪と散々に乱れた和装のまま荒い息を吐いてへたり込んでいる未晴の姿があった。

「それに、あのままでは虎木由良も被害に遭う可能性がありました。彼が怪我をすることは、あなたも望むところではないでしょう？」

「……は。日頃虎木様を粗略に扱う闇十字が今更偉そうに」

「偉そうでもなんでも、お互い必要だと思ったからこそ今回の健康診断に踏み切った。そういう話だったはずですよね」

「……はぁ。まったく……」

未晴は大きく息を吐いて立ち上がると顔を顰める。

「いたた……全く！　アイリス・イェレイ、本気で殴ってきましたね……帯が無ければ折れていたかも……ああ、顔もひっかいてくれて……許せないです」

「あなたも相応にやり返したのでしょう？　彼女の聖務に支障をきたしたらどうしてくれるのです」

「ケンカを売って来たのはアイリス・イェレイからです！　……それで」

未晴は襟元を正しながら中浦を睨んだ。

「虎木様の疑いは解けたのでしょうね？」

中浦の返答はそっけなかった。

「今は、とだけ。ファントムは日進月歩で変貌します。今は良くても明日は分からない。警戒は怠りません」

「……ふん」

未晴は面白くなさそうに目を閉じると意識を丹田に集中させる。すると、微かに未晴の全身が熱を帯び、顔のひっかき傷がみるみる消失した。

比企家の生命力と治癒力が為せるヤオビクニの能力だ。

「そのために、アイリス・イエレイを生贄にするってことですか。ユーニス・イエレイが、オールポート団長と袂を分かったのも仕方ありませんね。目的のためとはいえ、あなた方闇十字は手段を選ばないにもほどがある」

「ファントムに言われる筋合いはありません」

未晴の切り返しに、中浦は眉一つ動かさなかった。

「ファントムに言われることをこそ恥じるべきでは?」

「これは虎木由良のためでもあります。引き続きご協力いただきますよ。それでは」

中浦はそう言うと、目礼もせずにその場を去った。

一人取り残された未晴は、

「ああああああああっ!!」

拳を固めると、苛立ち任せに思いきり壁に叩きつけた。

「全く……次から次へと……私はただ、虎木様と添い遂げたいだけだというのにっ……！」

拳を叩きつけられた壁がすり鉢状にめり込むのを一顧だにせず、未晴もまた、ふらふらとその場を後にしたのだった。

※

吸血鬼、虎木由良の人生の目標はただ一つ、『人間に戻ること』。

だが近年の虎木は、あまりに長い吸血鬼生活にいつの間にか呑み込まれ、状況に対して受動的になりすぎていた。

受動的な生き方はそのまま虎木の成長にブレーキをかけ、巡ってきた多くの機会を敗北、或いは痛み分けという形で決着してしまっていた。

それぞれの機会で学びや成長が無かったわけではないが、傍から見て虎木のそのスタンスは、努力や積極性を著しく欠いていると映ったらしい。

虎木の勤めるコンビニエンスストアの同僚であり、人間でありながらファントムの社会で生き、世界の闇を知る梁詩澪は、現状の虎木に、人間に戻る積極性が感じられないと指摘。

現在は曲がりなりにもアイリスや未晴の助けを得て、ごく短い間に仇敵・室井愛花をあと一歩のところまで討ち取れそうなところまで来た。

だが逆に言えば助け無しには仇敵との戦いが成立せず、それどころか自分自身の力だけでは仇敵の居所すら満足に捕捉できていないのに何を偉そうに、と真っ直ぐに指摘されてしまう。

普通の人間とは比べ物にならない寿命を持っているはずの虎木には『制限時間』があった。

虎木の弟、虎木和楽は人間であり、年齢相応に年老いている。

十年前に妻を亡くし、息子と娘、虎木にとっての甥と姪も既に初老と呼んでよい年齢だ。

吸血鬼になった兄の生活を、警察官僚を退官するまで支え続けた弟が寿命を迎える前に、彼と共に太陽の光を浴びられる体に戻らなければならない。

その思いから虎木は、比企家の伝手を使って、かつて吸血鬼の生き方、戦い方を指南してくれたザーカリー・ヒルの捜索を始める。

だがザーカリーは過去の出来事が原因で闇十字騎士団にマークされており、ザーカリーがジャズバンドを率いて来日するのを追って、闇十字騎士団長ジェーン・オールポートが来日した。

虎木もアイリスもそれぞれの事情でザーカリーを討伐されるわけにはいかなかったため、彼を守るためにオールポートと対峙する。

最終的にアイリスが秘めた過去をオールポートに明かしたことでザーカリー討伐は一旦取り

やめになり、ザーカリーのバンドのライブを、虎木はアイリスと村岡一家と共に楽しんだ。

だがしかし、ある意味本当の事件は、そのライブが終わった後に起こった。

アイリスは、日本に来て虎木と触れ合う中で抱いた虎木への想いに確信を抱き、その想いを行動に移した。

虎木に対する愛の告白と、不意打ちのキスという形で。

突然の事態に狼狽える虎木にアイリスは自分の胸の内を全て言葉にして、虎木の思考が逃げる余地を残さなかった。

そのライブの日から二週間。

今、虎木の背後で起こっている龍虎の激闘は、そのことが露見した結果勃発した東西戦争であると判断せざるを得なかった。

季節が冬から春に移る、三月初旬の頃であった。

※

未晴とオールポートがいたので大体予想できていたが、虎木が誘拐されていたのはサンシャイン60だった。

見慣れた池袋の夜景を前に、虎木は安心するよりもげんなりしてがっくりと項垂れる。

項垂れた視界には、くたびれたグレーの上下スウェットに、裸足に闇十字のオフィスの備品らしいゴム製の茶色い便所サンダル。

断じてラバーサンダルなどという上等なものではなく、昭和の時代を長く生きた虎木の目に実に馴染むデザインの、今時どこに行けば買えるのかも分からない便所サンダル。

今朝眠りについたときの寝間着姿のまま、サンダルだけ投げるように寄越されて、サンシャイン60を放り出されたのだ。

三月になったとはいえ、冬はまだまだ東京に居座っており、スウェットに裸足サンダルという格好は、成人した男が早朝のゴミ捨て場より外のエリアに着て出て良いものではない。

気候的な意味でも、モラル的な意味でも。

何がどうなって強引な拉致の結果、健康診断など受けさせられる羽目に陥ったのか分からないが、この重大な人権侵害の借りはいずれ必ず返してやると心に決める。

「うわっくしょいっ!」

だが、それはそれとしてこの薄着でサンシャインから家まで帰ったら風邪をひいてしまうし、かと言って今の比企家や闇十字に服を都合してくれと言いに行くほど恐れ知らずではないし、でもこのままでは五十メートルも歩けば警察に職質されてしまう。

「だ、大丈夫ユラ? 寒いわよね、私のコート……じゃサイズが合わないから、何かユラが着られるもの、すぐ買ってくるわ!」

虎木のくしゃみを聞いてアイリスは慌てた様子を見せ、パタパタと修道服のあちこちを叩くが、すぐに顔を青くする。

「私も誘拐されてきたから財布が無いわ。スリムフォンにも決済アプリ入れてない……」

虎木はともかく、アイリスまで本人の同意なく連行したというのか。

そうなるともはや闇十字という組織に対して空恐ろしさすら覚える。

「俺も何でか電話はあるが、決済できるアプリは入れてねぇなぁ。今登録しようにもカードの番号や期限も覚えてねぇし……何で電話だけ持たせてるんだよ。それなら服や靴も一緒に持って来いよな」

虎木はぶつぶつ言いながら、しゃがみこんでスリムフォンを操作し始める。

「ユラ？　どうしたの？」

「少ししたら服が届く」

「へ？」

「ちょっとビルん中入ろう。吹きっさらしにいることはない。どっか隅っこに二人でいればまあ、通報されることもないだろ」

襟が伸びたような上下スウェットの裸足サンダルの男が冬場に一人サンシャイン60でぼんやり立っていれば警備員に声をかけられてもおかしくはないが、身なりは一応きちんとしているアイリスと一緒にいれば不審者指数は下がるはずだ。

ショッピングエリアの入り口の自動ドアまで走り、華やかな店が並ぶ通路の隅で虎木とアイリスは壁を背にして所在なさげに並んで立った。

「肩身が狭いこったが……そう言えば、なぁアイリス」

「何？」

「あれは何だったんだよ。俺が目覚めてすぐの、処刑前に別れの言葉を言わせてやっただけありがたいと思え的なあの演出は」

「ああ、あれ？」

目覚めてすぐ、アイリスが後ろ手に引っ立てられたときのことを尋ねると、アイリスは決まり悪そうに目を逸らした。

それだけで分かった。極めてどうしようもない理由があるな、ということを。

「またつまらない理由なんだろとか思ってるでしょ」

アイリスはアイリスで、虎木の表情を読み取って渋い顔になる。

「違うのか」

「違わない……けど」

が、また顔を逸らす。

「私、胃カメラが苦手なのよ」

それだけで、あんなパニックが起きるだろうか。

「まぁ胃カメラが得意って奴の話は聞いたことないけど」

「あと、ＭＲＩも嫌いなの。あの閉鎖空間に何十分もいるって思うと我慢できなくて……」

「あぁ、閉所恐怖症の人は麻酔で意識失くしてからＭＲＩ入るなんて話もあるらしいな」

「それに、私注射も……」

「俺の調べが確かならイングランドの成人年齢って十八歳だよな？」

「だって、嫌いなんだから仕方ないじゃない」

「そぉか」

大人になっても注射が嫌い、苦手という人はいる。

だからと言って注射を打つ前に後ろ手に拘束されるほど取り乱す人間はそうそういない。

高所恐怖症や閉所恐怖症、先端恐怖症などの恐怖症状はそれが生来のものであれ獲得性のものであれ、未だ明確な治療法の確立されていない症状である。

だからこそ年齢や経験を重ねるだけでは克服できないため、その症状についてどうこう言うつもりは毛頭ない。

虎木自身、聖性の強い十字のオブジェクトを直視すると言い知れぬ不快感を覚えるし、日光に当たると灰になってしまう性質など、それこそ本人の意志や経験ではどうにもできない健康上の問題だ。

だがそれはそれとして、その性質は闇十字騎士団の修道騎士としての任務に支障をきたしはしないのかと不安にもなってくる。

「あ、勘違いしないで。私別に狭い場所も尖ったものも平気よ。単にMRIは狭くて窮屈だから嫌いで、注射は痛いから嫌いなだけなの」

「余計悪いわ!」

恐怖症由来でないのに処刑直前のようなパニックを起こすなら、それはそれで問題だろう。

思わず突っ込んでしまったが、不機嫌そうに虎木に向き直ったアイリスの顔は思いのほか真剣だった。

「仕方ないじゃない。ママとパパのこと話したでしょう? ママが死んだ後で、パパに吸血鬼にされたんじゃないかとか術をかけられたんじゃないかとか、色々検査されたことがトラウマになってるの」

「………ああ」

突っ込みを重ねようとした虎木は、危ういところで第二撃を呑み込んだ。

アイリスの母ユーニス・イエレイは吸血鬼にされたその日に殺害され、しかもその直前まで長年吸血鬼であるザーカリーと共に生活を送っていた。

遺されたアイリスに何かの異常が無いか徹底的に調べられたことは想像に難くない。

闇十字のファントムに対する苛烈さはよく理解しているので、母も、二人目の父も失ったアイリスがかけられた検査もまた、九歳のアイリスには恐ろしいものだったのだろう。

「今日の検査、何だかあのときのしつこさに似てたわ。だから余計に……」

「分かった。もういい。悪かったよ」

「ううん、いいの。注射が苦手っていうのは、さすがにこの年齢でどうかとは自分でも思ってるから。……でも、ね」

「ん？　あ」

アイリスは、遠慮がちに虎木の袖を手に取った。

「男の人が怖いのも、他の、色々な怖いことも……あなたと一緒なら、立ち向かって行ける気がするの……パパのライブで言ったことは、本心よ」

その言葉も、もちろん本心も疑うつもりは微塵もない。

つい先ほど未晴相手に虎木を巡って限りなく本気に近い大立ち回りをしたばかりだ。

途中、中浦が割り込んでこなければ、本当に流血沙汰になったかもしれない。

中浦が戦闘行動に出るのを虎木は初めて見たが、我を忘れて暴れる未晴とアイリスを同時に制圧する様は、まさしく騎士長の名に相応しい立ち回りであった。

「返事を催促するつもりはないけど、でも……、どんな返事でも、私はあなたが人間に戻りたいと思う限り、あなたとパートナーで居続けるつもり。だから……」

そこまで一気に言って急に気恥ずかしくなったのか、アイリスは頬を染めて俯いてしまう。

返事をするしないで言えば、虎木は返事の出来る立場ではない。

吸血鬼でいるうちは特定のパートナーを持つことなど決してあり得ないと思っているし、現実的に持てる状況にもならない。

だが、それはそれとしてこれまで虎木にアプローチをしてくる未晴は、普段控えめな様子なのに隙を見せればいつ食い殺されてもおかしくないほどの肉食系なので、逆に日頃図太いアイリスが急にしおらしくなると、どうにも虎木としては距離感を掴みにくくなってしまう。

「……アイリス」

サンシャイン60のショッピングモールの片隅の一階出入り口。

地下通路が目の前の道路を渡った先のサンシャイン通りの方に伸びているせいで人通りの極めて少ないこの場所で、あまりに控えめすぎる想いの言葉に、思わず見つめ合ってしまった虎木が、絡められた指を思わず握り返しそうになったそのときだった。

「……そろそろ良いですかねぇ～？」

「ぴっ⁉」

「うっ⁉」

横合いから無遠慮に、いや、恐らく相当遠慮した末に耐え切れずに挟まれた声に、アイリスは奇声を、虎木は呻き声を発した。

「このクソ寒い中どーしてもと頼まれたから来てあげたのに、怖い怖いサンシャイン60のお膝元でこんなもん見せつけられて気を利かせなきゃならない私の心の寒さにも気付いてほしいなあなんて思いますねぇ……」

「し、し、し、シーリンっ⁉ な、な、なんでここにっ⁉」

アイリスは虎木の手を振り払い、その場で爆発しそうなほど顔を真っ赤にして喚いた。

一体いつからそこにいたのか、虎木の同僚でデミ僵尸である梁 詩澪が、暖かそうなロングコートを羽織り、手に大きな紙袋を持って立っていた。

耳には呪符のようなデザインの耳飾りをつけているが、これは詩澪の聴力を増幅させる僵尸の術式だったはずだ。

一体どこから聞かれていたのか、虎木は顔を手で覆ってしまう。

詩澪はそんな虎木の様子を見て、心底つまらなそうに鼻を鳴らした。

「そっちのラフな格好の彼氏さんにお届け物を頼まれたからですねぇ？」

「かかかかカレシおととどとととどどおおおおとどけもの⁉」

一切言い訳のきかない様子と言葉を聞かれていたことは間違いない。

その確信を既に持っているアイリスはもつれた舌を噛んでしまいそうだ。

虎木としても、これまでさんざん詩澪や村岡や灯里相手にアイリスが彼女ではないと言い張ってきた手前、今の様子を見られてしまったのは痛恨の極みだった。

詩澪の性格なら顔を合わせている間中、この話題だけで飯を食いそうなほどいじられるに決まっている。

「はぁ」

だが、詩澪はつまらなそうな顔でアイリスと虎木の顔をそれぞれ一度見たきりで、虎木に向かって使い古した様子の紙袋を差し出した。

「ご注文の品です。お店の更衣室に置いてあったウィンドブレーカーと予備の革靴、靴下の色は何でもよかったんですよね？　男性用の黒、買ってあります」

「あ、ああ……」

「う、ウィンドブレーカー？」

アイリスも、詩澪が特段からかってくる気配がなかったためか、顔を真っ赤にしたまま驚いたように紙袋を見る。

「この寒空を寝間着姿で外歩きたくないっていうから、コンビニの更衣室に置いてある予備の色々を持ってきてくれって頼まれたんです」

虎木はビニールを破って取り出した新品の靴下と、やや埃っぽくなっている黒の革靴を履き、スウェットの上からフロントマートのロゴが入ったウィンドブレーカーを羽織り、便所サンダルを紙袋に入れる。

グレーのスウェットパンツだけはどうしようもないが、この姿なら少しは寒さも和らぐし、ぎりぎり職質されることもないだろう。

虎木のいじましい着替えを見ながら、詩澪はアイリスに尋ねた。

「二人して闇十字に誘拐されたんですって？」

「誘拐というか、まぁ、ユラの目からはそう見えるかも……」

詩濡は溜め息を吐くと、不満そうに言った。

「そのことには同情しますけど、ここんとこ虎木さん、私のこと体のいい雑用係か、シフト交代要員だと思ってる節がありますよね」

「悪いとは思ってる。今度何かで返すよ」

「って言ってますけど、前の京都のお土産、大量の生八つ橋だったから、あんまり期待できないんですよねぇ。ねぇ、アイリスさん」

「な、何？」

「難儀な相手を選んだもんですねぇ」

詩濡は虎木に吸血されて吸血鬼になろうとしている。

だから聞きようによってはアイリスへの挑発と受け取れなくもないが、アイリスが怒りださなかったのは、詩濡の顔が思いの外真剣だったからだ。

「ど、どういうことよ」

「まぁ、未晴さんの様子見ても人の気持ちってのはそういう理屈でもないんでしょうけどね。まぁあの人のこと、人って言っていいのか分かりませんけど」

真剣なりに虎木を当てこするように言うあたり、やはり詩濡は詩濡だが、それでもいつものように戯れ言と払いのけるような軽さやからかいはどこにもなく、どちらかと言えばアイリスの気持ちに寄り添っている言葉に聞こえた。

「何ですかその目は」

「え、あの……シーリンのことだから、もっとこう……」

「やだなー傷つくなぁ。これ幸いとおもちゃにしてからかいまくると思ってました？」

「ああ」

「うん」

「そこは違うって言うとか、少し気まずそうにするとかしてくださいよ」

こんな程度の即答で不満そうな顔をするのも、詩澪らしくないと言えばらしくなかった。

詩澪は顔をしかめて続ける。

「色恋沙汰をからかうのはね、好意に素直じゃなかったり、くっつきそうでくっつかない所にちょっかい出すから楽しいし盛り上がるんです。分かるでしょ」

分かることは分かるが、それを言語化してしまうのも大概だ。

「でも完全に本気になってる人間をからかうのはただの底意地が悪くて空気読めないだけの奴。そんなことして私がやっかんでると思われても嫌ですし？」

よく分からないが、詩澪が真面目にそう言うと不思議と説得力があった。

「で？　この後はどうするんです？　どこか夜の街にシケ込むんなら私はもう帰るか一人でど

っかご飯食べに行きますけど？」

「シケこ……？」

アイリスは、詩濡の言葉が分からなかったのか困ったような顔になる。

ほぼネイティブと変わらない語彙力を持っているアイリスと詩濡だが、スラングに関しては詩濡に分があるようだ。

そしてこの場合、通じなかった時点で詩濡の負けである。

「はーあ、つまんない。もう少しアイリスさんのどうしようもないツンデレぶりをからかい倒したかったのに、こうなっちゃったらいつ未晴さんとガチバトルになるか分からなくて怖くて近づけないじゃないですか」

「な、何よぉ」

からかってはいないが、直球でお前は恋をしてるんだと言われてしまうとそれはそれで気恥ずかしいものだ。

「俺が夜の十一時から深夜勤入ってるの知ってるだろ？」

「知ってますよ。だからここぞとばかりに私にシフト代わってくれとか言い出すかと思ってました」

「ンなことするかよ。とにかく助かった。そろそろ帰ろう。どっかでタクシー拾おう」

「タクシー拾うなら、私が服持ってくる必要なかったんじゃないですか？　て言うかまさか私

「にタクシー代まで立て替えろなんて言いませんよね」

「言わねぇよ。タクシーがすぐ捕まればいいけどこの吹きっさらしに裸足の便所サンダルで待ってられねぇよ。金は、マンション前までつけてもらえりゃ家に財布取りに入れるだろ」

「なるほど。じゃあお邪魔でしょうけど、そこまではご一緒させてもらいますよ。マンションの玄関の鍵、開きっ放しだといいですね」

「まぁ、盗まれるものもねぇし、逆に閉まってれば最悪霧になれば、さ」

風呂場から誘拐された虎木に今の持ち物はスリムフォンと便所サンダルだけで、何故か玄関の鍵はどこにもなかった。

誘拐した闇十字から返却されていないのか、それとも単に玄関の鍵が開けっ放しなのかは分からないが、帰宅するまで安心できそうになかった。

ビルを出ると、強いビル風が吹きつけた。

寒いことには変わりないが、ウィンドブレーカーはちゃんとウィンドブレイクするのだと虎木は改めて感動する。

ビルの前の道でタクシーを待つが、流しのタクシーはなかなか来ず、来ても既に客が乗っている車ばかりだった。

「な、なかなか来ないわね、タクシー。前はすっと捕まったのに」

詩澪の雰囲気に気圧されているアイリスはつい京都に行った際に未晴のリムジンを追跡した

ことを思い出す。

「前はって何だ？」

「ああ、京都に行くとき、あなたとミハルがここから東京駅に向かったでしょ？ そのときタクシーで後を尾けてたんだけど」

「お前よく一人でタクシーなんて乗れたな！」

「そ、それくらい私だって……！」

男性恐怖症のアイリスが、大半が男性の運転手によって運行されるタクシーを一人で拾えたことに対する感想だと、詩濡（シーリン）なら分かる。

分かるが、今の二人を見ていると、隙あらば二人の世界を作ろうとするバカップルにしか見えなかった。

「あーあ、前のアイリスさんだったらタクシーに乗った事実そのものをなかったことにしようとしたんでしょうねー。もーやだなー隙あらばイチャつこうとするの未晴（みはる）さん以上じゃないですかー。すいませんねー。ウーバーお洋服がお邪魔虫で」

「あ……ごめんなさい、そんなつもりじゃ……」

「あーもう本気にしないでください。そんなことで凹（へこ）んでどうするんですか。もっとドンと構えてないとすぐ未晴（みはる）さんにかっさらわれちゃいますよ」

「あ、う、うん」

「もうちょっと車通ってる道に出ましょうよ。もしくはここ、ホテルがくっついてますよね。ロータリーに行けばタクシー来てるんじゃありませんか？」

「そ、そうね、そうしましょう。前に私が乗ったのもロータリーからだったし！」

ぎくしゃくとした動きでホテルのロータリーとは逆方向に行こうとするアイリスを見て、詩澪は溜め息を吐きつつ、この路線でからかい続けるのもありかと考えたそのときだった。

「えっ？」

「っ⁉」

詩澪と同時に、虎木も足を止めた。

「聞こえましたか、今の」

「ああ、でも梁さんのその術でってことは、そこそこ遠いな」

虎木は詩澪の耳の呪符を見て言った。

「え？　どうしたの二人とも」

「アイリスさんには聞こえなかったみたいだし、君子危うきに近寄らずとも言いますが？」

「そう言う訳にも行かないだろ。これで明日変なニュース見たら寝覚めが悪い」

「そう言うと思いました」

詩澪は心底面倒そうに言うと、ある方向を指さした。

「あっちの方から小さな子供の悲鳴らしきものが聞こえました」

「えっ⁉」

アイリスもさすがに驚いて目を見開く。

「言っておきますけど私、術は使いますけど戦闘能力は並みの人間ですからね。乱闘騒ぎが起こったら、二人に任せますから」

「人間の男相手ならアイリスより梁さんの方が強いってことだな。行こう！」

「本当、来なきゃよかった！」

「あ！　ちょ、ちょっと待って！」

最初に虎木が、次に詩澪が、最後にアイリスが駆けだすが、すぐにアイリスが三人の先頭に躍り出る。

「どっちなの？　まだ聞こえてる⁉」

「そんなに遠くない！　そっちの方だ！」

「分かったわ！」

言うが早いかアイリスは驚異的な跳躍力で道路標識の上に飛び乗るとすぐそばの雑居ビルの庇を足場に、一気に屋根伝いに虎木が指示した方向へと飛んで行ってしまう。

「パルクールってレベルじゃないですね。たまに思いますけど闇十字の人達、本当に人間なんですかね？」

既に汗をかき始めている詩澪の感想に、虎木も全く同意見だった。

「吸血鬼を風呂場から誘拐する奴らがまともな人間じゃないのは確かだ。急ごう！」

声は、まだ聞こえ続けている。

近づくほどに明瞭に聞こえるそれは、幼い少女の声だ。

繁華街で女の子の悲鳴を聞いて、現場に助けに向かう。

思えばそれをしたことで、いつも虎木のところには面倒事が舞い込んできた。

だからといって、見過ごすわけにはいかないではないか。

「あ、ちょっと虎木さん！」

虎木はアイリスを追って加速するが、詩澪はその虎木の速度について行けず、途中で赤信号に引っかかってしまう。

「もうっ！」

「ユラ！　気を付けて！」

そこは、繁華街とオフィス街の狭間に開いた空洞のような場所だった。

周囲の雑居ビルに裏口から入る用事でもない限り絶対足を踏み入れることのないその場所で、一足先に駆け付けリベラシオンを構えていたアイリスが、十歳前後の少女の肩を掴み、喉に折り畳みナイフを突き付ける男と対峙していた。

「な、何なんだテメェら！」

「おいおいマジかよ！」

男の方は、一見してまともな状態でないのが分かる。

バサバサの長髪で目は血走り、ナイフを握る手は震えて、口の端からは泡だった唾液がこぼれていた。

「お、おねがい……た、たすけ……」

摑まっている少女は震える声と瞳でアイリスに助けを求めるが、ナイフの腹がかなり強く少女の喉に押し付けられており、ほんの少し男が指を動かしただけで刃先が皮膚に食い込みかねない。

アイリスが手を拱いているのも、迂闊に刺激したら少女が大怪我をするかもしれない恐れからだった。

「テメェら失せろよぉ……別に何もしやしねぇよ……お前らがいなきゃこんなことする必要もねぇんだぁ……なぁ、俺に悪いことさせんなよ……そんなつもりねぇんだよぉ……」

「ひっ……」

男は錯乱状態に陥っているらしく、言っていることが支離滅裂だ。

泡立つ唾液が顔にかかったのか、少女が嫌悪感を露わに悲鳴を上げる。

「落ち着いて、大丈夫、必ず助けるから！」

「助けるってなんだよぉ！　俺は何も悪いことしてねぇぞお！」

「あなたも落ち着いて！　私達はあなたに危害を加えたりしないわ！　一体どうしてこんなことを……！」

「お前なんかが俺を助けられるわけねぇぇえだろお！」

「はあ⁉」

「アイリス、刺激するな。あいつ滅茶苦茶だ。何するか分からんぞ」

「くっ……ユラ、すっぽんの血は？」

「あの状況で持ってたり飲んでたりすると思うか？　一回霧になったらそれきり気絶するぞ」

小声で言葉を交わすが、今の虎木は何なら健康診断で血を抜かれているまであった。

未晴に迫られたとき、ホテルのベッドの上から部屋の隅に霧になって移動するだけで人事不省に陥ってしまったのだから、この状況でたとえ霧になれたとして、男を制圧するにも少女を助けるにもあまりに心もとない。

「お前こそ、ハンマーか聖銃は！」

「あの状況で持ってると思う⁉」

「最悪だな！」

駆け付けたはいいが、部屋から誘拐されてきた二人は全く戦闘に対する準備が整っていなかった。

「さっさと消えろよぉ……このままじゃ俺死んじまうよ……なぁ、別に悪いことはしねぇさぁ本当だぁ、だから、なぁ？」

「い、嫌ぁ……っ！」

「くっ、やめなさい!!」

二人が手を拱(こまね)いている間にも、男の手に力が入る。

少女の首に当てられていたナイフの腹が刃となってその皮膚を切り裂こうとしたそのときだった。

「何やってるんですかアイリスさん。こういうときに対処できる術も教えたはずですよ」

緊迫した状況にそぐわない、呑気(のんき)すぎる詩澪(シーリン)の声が虎木(とらき)の後ろから聞こえた。

「うっ」

男は新たな登場人物に動揺したのか、呻(うめ)き声を上げる。

「シーリン！　近づかないで！　あの子が……」

「大丈夫ですよ」

アイリスの制止を聞かず、詩澪(シーリン)は虎木(とらき)の横に並ぶ。

右手の上に金色の羅針盤を、そのさらに上に左手をかぶせ、胸の前にかざしていた。

「もう、動きは止めています。その男は今、指一本動かせません」

「えっ？」

詩澪の瞳がかすかに赤く光り、男本人ではなく男の足元を見ていた。

その瞳に見据えられた男は、目だけは詩澪を見たまま、微動だにしなくなった。

「う……お……んっ……！」

喉の奥で呻き声を上げながらも、それまでの威勢が嘘のように口を開かなくなってしまった。

「ほ、本当？」

「羅戸術・影睨。私が睨んだ影の持ち主の動きを止める術です。でも外からは自由に動かせるんで、今のうちにその子を助けてください。警察にはもう通報しましたから」

虎木とアイリスは顔を見合わせると、じりじりと男と少女に近寄る。

「こ、来ないで！」

近づかれると男が危害を加えると思っている少女が悲鳴を上げるが、男は相変わらず呻くだけで体を揺らすことすらしない。術が効いているのだ。

「大丈夫、落ち着いて。君は助かる」

虎木は安全を確認すると素早く前に出ると、

「虎木さん。そいつの影の頭の部分にその子と自分の影を重ねないように動いてください。そうじゃないと虎木さん達も止めちゃうんで」

詩澪が虎木に、術の有効範囲について警告した。

「ああ、分かった。よし、大丈夫だ。落ち着いて……」

少女は最初こそ怯えていたが、男が本当に動かず、それどころか虎木が腕や指を掴むと素直に自分を離すのを見て、驚いたように目を丸くする。

「ひ………あ」

男は呻き声を上げ続けているが、懐に入ってきた虎木に目を向けることもできないようだ。

「ぐ……お……」

肩を掴む指と手を離し、慎重に喉元のナイフを引き離すと、

「あっちの女の人のところへ！」

鋭く指示し、少女は素直にアイリスの方へとまろびながらも駆け寄った。

「頑張ったわね！　もう大丈夫よ！」

アイリスは駆け寄ってきた少女を抱き留めて、素早く男の視線からその姿を隠す。

「こわ……かった……ひぐ……うぐ……」

すがりついて崩れ落ちて泣いてしまう少女を、アイリスは改めてしっかり抱きしめる。

「すげぇな、本当に好き放題動かせるのに本人は動けないんだな」

その後ろでは虎木が男の手からナイフを奪って遠くに放り投げ、男を丁寧に地面にうつぶせに寝かせると、背中側に手を捻り上げて、膝を背に当てて拘束する。

「もういいぞ」

「大丈夫ですね。拘束、離しますよ？　っはあ……」

詩澪(シーリン)が力を抜いて目を閉じると同時に、虎木(とらき)の膝の下で男が拘束から逃れようともがき始める。

が、そこは風呂(ふろ)から誘拐されようとも吸血鬼。膂力(りょりょく)で簡単に負けるつもりはない。

男は必死の抵抗を見せるが、それでも体勢不利は如何(いかが)ともしがたく、やがて諦めたように力が抜け、動かなくなってしまった。

「違うんだぁ……俺は……俺は……そんなつもりじゃあぁ……」

そして、パトカーの音が近づいて来る頃には茫洋(ぼうよう)とした言葉を垂れ流すだけになってしまう。

駆け付けた警察官の応対は通報した詩澪(シーリン)が行い、虎木(とらき)は慎重に男を警官に引き渡すが、その頃には男は手錠をかけられても立ち上がることすらしなかった。

警察官が何度なだめすかしても立ち上がろうとしなかったため、やむを得ず応援が呼ばれ、男性警察官四人が担(かつ)いで行った。

この時点で既に時計は夜の十時を回っていたが、警察が自分達を見る目で、虎木(とらき)は先の展開を察する。

「とりあえず事情を伺いますので、皆さん署までご同行願います」

「やっぱそうなりますよね」

この瞬間虎木(とらき)は、この日の出勤を諦めざるを得なくなった。

「この状況じゃ私もシフト代わるわけにはいきませんからねー。村岡(むらおか)さん、過労死しなきゃいいですけど」

「やめろよ本当」

虎木と詩澪の雇い主である村岡は、誘拐され乱暴されそうになった少女を助けたという事実を無視するような人間ではないが、それはそれとして、シフトに穴を空けることに対し、申し訳なさが無いわけではないのだ。

「朝までに帰れりゃいいなあ。はぁ……」

警察官を横目に電話の呼び出し音を聞きながら、虎木は小さくぼやく。

と、そのときアイリスに抱きしめられていた少女が、ようやく泣き止み落ち着いたのか、詩澪の元に駆け寄ってきた。

「どうしたの？」

詩澪がしゃがみ込んで尋ねると、少女は泣きはらした目をこすりながら、しかしはっきりと言った。

「あの、えっと、ありがとうございました」

「ん。でもお姉さんは何もしてないよ。頑張ったのはあなたで、助けたのはこのお兄さん」

少女は詩澪に言われて電話を耳に当てる虎木を見上げるが、少しだけ不思議そうにまた詩澪を見た。

「でもお姉ちゃんも、助けてくれたでしょ？　魔法使いみたいだった」

「え？　ああ、ええっと、どうしよう。困ったな」

已むに已まれず使った羅尸術を、少女はパニックに陥りながらも思いの外きちんと認識していたようだ。

確かにあれだけ暴れていた男が突然身動き一つ取れなくなったというのは少女にとっては不思議な事態だったのだろう。

「この後、お姉さん達もあなたも、お巡りさんに色々お話ししなきゃいけなくなるんだけど、魔法使いって言ってもお巡りさんも困っちゃうと思うな」

「内緒にした方がいい？」

「うーん、お巡りさんの目の前で内緒にしてって言うのもね」

男性警察官は虎木の横に立ってそれとなく会話を聞いているし、アイリスのそばにいる女性警察官もこちらを見ているので、詩澪としては苦笑するしかなかった。

「あなたはお巡りさんに聞かれたことを正直にお話しして。嘘ついたり隠し事したりしちゃダメよ。じゃないとお巡りさんもお姉さん達も困っちゃうから。悪い人を逮捕して裁判にかけるためにも、よろしくね？」

「魔法のこと、話していいの？」

少女は不思議そうに尋ね、詩澪は笑顔で頷いた。

「うん。大丈夫」

子供の世界ならば、自分が巡り合ったトラブルで超常的な力や出来事が起こったら、そこには秘密の何かがあると想像をたくましくすることだろう。

それこそ創作物の世界なら、魔法や超能力といった類は世間から隠されているのが常であり、それを漏らせば何らかのペナルティが科せられるか、自分もその世界に取り込まれるのが定番だ。

だが、現実には十歳の子供が「助けに来てくれた人が魔法で犯人の動きを止めた」と言ったところで、信用はされまい。

被害者の発言として供述調書には記録されるだろうが、それが捜査資料、裁判資料として真剣に受け止められることは決してない。

ならば、下手に口止めなどせず、少女の見たままを話させた方が後の面倒は少なくて済むし、逆にここまで手放しに話して良いと言われれば、子供なりに深謀遠慮を働かせ、魔法の不思議を誤魔化してくれるかもしれない。

「はい、はい。それじゃあ、すいません、今日は多分……はい、失礼します……村岡さん、死にそうな声で、それでも褒めてくれたよ」

電話を切った虎木が苦笑しながらそう言うと、詩澪としても頷くしかなかった。

「さ、それじゃまずはパトカーに乗りましょ」

「私、パトカー乗るの初めて！」

「あら、そうなの？　でもあんまり乗らない方がいいわよ？」

虎木の電話が終わるまで待っていた女性警察官が、少女と手を繋いで促し袋小路から連れ出す。

「では皆さんもこちらへ」

次いで男性警察官が虎木達三人を促す。

「で、本当に行くんですか？　香術で眩惑して、私達のこと忘れさせることもできますけど」

素直に従うふりをしながら、詩澪が小声でとんでもないことを言い出した。

「やめとけ。どこで監視カメラに映ってるかもわからないし、下手なことすれば闇十字が面倒だぞ」

「それもそうですね。分かりました。アイリスさんも大丈夫ですか？」

「ええ。この際仕方ないわ」

詩澪の問いに、アイリスは小さく頷く。

「ま、二人がいいならいいんですけどね、それにしても」

袋小路から出たところでパトカーに乗せられる少女の姿を、詩澪は胡乱気な目で見送った。

「あんな女の子がこんな遅い時間に一人で手ぶらで、こんな所で一体何してたんですかね？」

その疑問に答える術を、虎木もアイリスも持たなかった。

ただ、どんな想像をしたところで、あまり明るい話題にならないだろうと想像してしまう。

「あの子にどんな事情があっても、今傷つけられようとしているところを助けることができた。それだけは間違いないわ」

「……ですかね」

詩澪は促されてパトカーの後部座席に乗りながら、バックミラーに一瞬映った自分の顔を見て笑った。

「ま、確かにそれだけでも上等だし、私にはこれ以上できることもありませんってね」

「そんなことはないさ」

乗り込む順番のせいで後部座席の真ん中に座ることになった虎木が言った。

「梁さんはこれからずっと人間社会で生きていくんだ。また誰か見ず知らずの人を助けることだってるかもしれない。さっきあの子に『魔法』の話をしてたとき、らしくないけど様になってたぞ」

「電話しながら聞いてたんですか。まったく」

詩澪は困ったように眉根を寄せると、そっぽを向いて窓の外を見た。

「私だって子供相手に大人げないことは言いませんよ。でも所詮処世術だし、もしこの先おせっかいにあの子の事情に関わろうとするなら、そこから先はどっちかと言えばアイリスさんの分野でしょう」

「そりゃまぁ、そうかもしれないけど、俺としては梁さんのああいう姿をもっと見られるようになればいいと思うんだがな」

吸血鬼になりたがっているデミ僵尸などというものより、袖すり合う程度の子供を笑顔で安心させることのできる人間の方が、どれほど世の中生きやすいだろうか。

そういう意味も込めて言ったはずの言葉を、詩澪は本気の仏頂面で返してきた。

「よくもまぁ彼女さんの前で他の女口説くようなこと言いますね。アイリスさん、やっぱこの人やめておいた方がいいんじゃないですか？」

「は!?　あ、い、いや……」

ふと虎木が後ろを振り向くと、アイリスが不満そうな顔で虎木を見ており、かと言って何を言うでもなくぷいとそっぽを向いて、詩澪とは反対側の窓の外に顔を向けてしまった。

「だから、まだ、その……」

「シートベルト、締めてくださいね。それじゃ、出発します」

その瞬間、運転席に女性警察官が乗り込み、パトカーが発進する。

「……まだ……彼女じゃないって……」

虎木の消えるような声はハイブリッド車のエンジン音ではなく、パトカーに入った何らかの無線音声にかき消された。

「まだ、ねぇ」

だが、呪符の耳飾りをつけた詩澪はそれを聞き逃したりはしない。

「では、この際私も立候補してみましょうか」

「本当勘弁してくれ」

泣き出すのではないかと思うほどか細い声を上げるので、詩澪はここで勘弁してやることにする。

「こんな国際色豊かな両手に花の状態で、随分と無欲な吸血鬼もいたもんですね」

詩澪は吸血鬼のところだけ中国語で発音して、警察官の耳には雑談に聞こえるように配慮するが、虎木にしてみれば赤の他人の前でこれ以上デリケートな話をしてもらいたくないし、このところの『両手に花』は常に面倒な状況下でしか起こっていないことを思い起こし、深刻な溜め息を吐いたのだった。

※

闇十字に誘拐されて強引に健康診断をさせられ、その帰り道に不審者から少女を救出した日の翌日。

無事朝日が昇る前に帰宅できた虎木が目覚めて最初にしたことは、昨夜の事件がニュースになっていないかどうかの検索だった。

虎木が公的機関の世話になると闇十字もうるさければ未晴もうるさいし、それが警察となれば弟の和楽もうるさければ甥っ子の良明もうるさい。

何より自分が落ち着かない。

今回は未成年者略取と傷害の両面から捜査が進められるらしく、逮捕された男の前科前歴や保護された少女の生活環境次第では、虎木はもちろんアイリスも詩澪も、警察の聴取に何度も応じる必要があるらしい。

ただ通りすがって助けただけの自分達がこれ以上何を言うことがあるのかとも思ったが、ことによれば容疑者を裁判にかけるためだという。

「理屈は分かるが、せめて仕事が無い日に……あ」

ニュースサイトやSNSを巡っていた虎木の指が止まる。

「クソ、出てるか」

小さな記事ではあるが、複数のニュースが昨夜の事件を報じていた。

内容は昨夜あの場で起こったことをそのままなぞったようなもので、虎木にとって新しい情報は一切なかった。

小学生と見られる女子が夜の十時、池袋の繁華街で男に連れ去られそうになったところを、男女グループが発見し保護、男の逮捕に協力した、という内容だった。

容疑者の男や被害女児の名前などは掲載されておらず、もちろん虎木達の名前も出てはいない。

　それだけならばよかったのだが、一部のポータルサイトに掲載されている同じニュースにはユーザーによるコメントが多くつけられていて、虎木を含め全て匿名になっている登場人物に対してあること無いこと書かれているのが目につき顔を顰めた。

『容疑者の実名が出てないの何でだよ』『死刑でいいだろ』『また無敵の人がやらかしたか』『俺らが助けたら共犯と思われて一緒に逮捕される』『男女グループってなんだよこの男も逮捕されろ』『男女グループはそんな人気の無い場所に何の用事があったんでしょうねぇ』『夜の繁華街を男女グループでねぇ……こいつらもまともな人間と思えないのは自分だけ？』

　勝手な想像と呼ぶにも下世話なコメントの数々には目を覆いたくなるが、その中でもとりわけ多かったのが、被害女児とその周囲に対するコメントだった。

『小学生女児がそんな時間に繁華街うろついてんのがまずおかしい。親は何やってんだ』

『これこんな時間にこんな場所ウロついてる小学生女児の方にも問題あるのでは？』

『今の高学年なんか見た目ＪＫと変わらないからな。女児がいなけりゃ男も犯罪に走らなかった。つまり悪いのは女児』

『こういう時間に繁華街をうろつくような子供の親。まぁつまりそういうことですわ』

『待って絶対これ虐待が疑われる状況だと思います。もしかしたら親だけでなく学校側も何の対処もしていない可能性がありますね。私が小学校の頃に一学年下の友達のクラスの担任がいじめをいくつももみ消したと噂されてる奴でその担任教師は昔父親からの暴力からDVシェルターに逃げた女の子と母親を無理やり連れ戻したこともあるそうでその話を聞いて私は本当に怖くて今でも夜に眠れなくなることがあります。日本の教育現場から一日も早く私のように怖い思いをする人がいなくなればと思います　#女子　#日本の教育に物申す』

『児相案件。この子の未来に幸多からんことを願う』

　この事件、ニュースに触れた全員の疑問こそ、あの少女は何故あの時間にあんな場所にいたのかということだった。

　昨夜の被害少女について、虎木もアイリスも詩澪も、何故あんな場所にいたのか、どこの誰なのか、本名すらも聞くことはなかった。

　人それぞれ、家庭それぞれの事情があるので自分から聞きたいとも思わなかったが、それでも気にはなってしまう。

　最後の書き込みにある児相、とは児童相談所の略で、要するに件の少女が家庭や学校の環境に大きな問題を抱えていると思われるので児童相談所が調査して、必要ならば彼女の心身の安全のために保護するべき、と言っていることになる。

　もちろん全ては想像から来る憶測とも呼べない感想で、たまたま悪い偶然が重なってあの事件が起こってしまっただけという可能性も十分にある。

　いずれにしろ虎木からはこれ以上関知し得ない話であり、詩澪に言ったことでもあるが、あの瞬間彼女を救うことができたのだからそれ以上は求めるべくもない。

「ま、後は昼間とか勤務のある時間帯に警察からコンタクトが無いことを願うばっかりだな」

大きく伸びをしてから家の中を見回すが、誰の気配も無い。

誰の気配も無いが、テーブルの上に具材が明るい色合いのサンドイッチが皿の上にラップにかけられて置かれていた。

微かに香るコーンの匂いを追うと、コンロの上には蓋の乗った小鍋があり、恐らく中身はコーンスープなのだろう。

ザーカリーの一件以来、夕方目覚めたらアイリスが部屋にいる、ということがなくなった。

その代わり昨日はいつの間にか誘拐されていたわけだが、それまで虎木の部屋で好き放題していたくせに最近その気配が無いのは何故なのか、さりげなく尋ねたことがあった。

すると、

「前にシスター・ユーリに誤解されたこともあったでしょ？　私のあなたへの気持ちは本物なんだから、逆に周囲に迂闊な誤解されるようなことは避けたいの。あなたとはその……きちんと『そう』なりたいから」

との答えが返って来た。

それまで散々周囲に誤解されるようなことばかりやってきたくせにと思わないでもないが、逆に言えばそれだけアイリスの本気が窺えたので、虎木としては極めて反応に困る出来事の一つだった。

だがそれはそれとして、もはやアイリスが食事を用意してくれること自体は虎木（とらき）の生活の中の定番イベントとなっており、顔を洗ってからキッチンの椅子に座ると、サンドイッチに手を合わせた。

「ありがたく、いただきます」

程よい量の『朝食』を腹に収め、食器は自分で洗うと、

「朝飯ごちそうさま。これから仕事行ってくる、と」

アイリスにメッセージアプリＲＯＰＥでメッセージを一件入れ、ぱっとコートを羽織って家を出た。

普段ならそのまま寒さに体を縮めながら足早に店へと向かうのだが、この日は玄関を一歩出た時点で、

「うわああああっ⁉」

虎木（とらき）は悲鳴を上げてその場に尻もちをついてしまった。

「　　」

玄関のドアのスイング軌道ギリギリの場所に未晴（みはる）が立っていたのだ。

刀袋に仕舞われてこそいるものの日本刀を背負っており、目は相変わらず虚（うつ）ろで、呼吸をしているかどうかも分からない。

何より恐ろしいのは、一体いつからここに立っていたのか分からないという点だ。

インターフォンを鳴らすでもなく、かと言って強引に押し入ってくるでもなく、ただこの薄暗く寒い廊下で立ち尽くしていたという事実が虎木の心胆を底から寒からしめた。

「み、みみみみみ、みみみみみみみみ」

あまりに驚きすぎて口が回らない。

「とらきさまがまた、おんなをたすけたとききまして」

「女て」

虎木とアイリスと詩澪が同時に警察の厄介になれば、当然のように闇十字と比企家はそれを把握するだろうが、物には言い方というものがある。

「ほ、報告が遅れたのはわ、悪かった。で、でも昨日助けたのは小さな女の子であって、俺一人で助けた訳でもないから、別にその、お前が心配するようなことは」

「おぼえていらっしゃいますか、とらきさま」

「へ？」

「わたしがとらきさまにたすけていただいたときも、わたしはまだ、いたいけなしょうじょでした。それでもわたしは、とらきさまにほねぬきにされました」

「そ、そお……」

「とらきさまはおやさしいですから、ひっく……女性が困っていると助けずに……いられないのは、分かって、いるつもり……です！」

「お、おい、未晴⁉」

「でも……でも……どうか、お忘れなきように……虎木様を最初にお慕いしたのは、わ、私だということを……ぐすっ……うう……」

「わあああああ！　お、落ち着け未晴！」

今度は虎木は慌てて立ち上がる。

光を失っていた未晴の目に光が戻ってきたと思ったら、子供のように顔を歪めてぽろぽろと涙を流して泣きじゃくり始めたのだから。

「分かって、いるのです。誰が最初かなど、意味は無いことを……でも、でも……アイリス・イエレイは、ズルいです。虎木様の日常生活に入り込んで、虎木様に寄り添うなんて、私はどうしたってできないことを……」

「いや、未晴、あのな？」

「それで……また虎木様が少女を助けたと聞いて……また虎木様を慕う女が現れたらと思うといても立ってもいられなくて……！」

「いや？　そのな？　助けたって言っても相手はまだ子供だったし」

「私も子供でした！」

「それにほら、未成年が被害者の事件だから俺、被害者の子の名前すら知らないし、向こうだって俺のことをどこの誰かなんて知らないはずだし！」

「私は八方手を尽くして調べました！」

「そういやそうだったけど日本有数の資産家のお前と一緒にすんな？」

思い起こせば未晴と知り合った経緯も、今回の件に近い出来事だった。

さめざめと泣く未晴をどう宥めていいか分からず、またこんな大騒ぎをしていれば隣のアイリスがいつ聞きつけて出てくるか分からず、虎木は気が気ではなかった。

普段傲岸不遜を絵に描いたような未晴が、それこそ年相応の少女のように泣きじゃくっている姿は単純に気が咎めるし、こんな開けた場所で未晴とアイリスが本気で戦い始めたら虎木には止めようがないし、かと言って今の虎木には、彼女達の『本質的な戦い』に決着をつける意思が無い。

『真面目ぶってそんなこと言ってますけど、単に女の子と付き合う度胸も覚悟も甲斐性も無いだけでは？』

心の中の詩澪が余計なことを言うが、六十年熟成の吸血鬼の日陰者人生が固めた人生設計も、それはそれで尊重されるべきではないだろうか。

「なので、私、決めたんです！」

「な、何を……」

真っ赤に泣きはらした目で未晴は、きっと虎木の顔を見上げた。

「私も、虎木様の人生にもっと寄り添おう、と！」

「え、い、いやまさかお前までこのマンションに住むなんて言い出すんじゃ……」

「そんなまどろっこしいことはしていられませんから、このマンションと土地を買い取って名義を私のものにするための交渉を始めようと思ったんですが」

「おい」

「先方が全く手放す気が無いようなので諦めました」

ホッとしたのも束の間、

「虎木様、私が持っている不動産に移るおつもりはありませんか？　当然お家賃はタダにさせていただきます」

日本有数の資産家の口から、遂にこの言葉が飛び出した。

「実はいくつか持っている不動産を、いつでも虎木様との新生活が始められるように空けてあるのです」

「今すぐ埋めてくれ。不動産は有効活用しろ」

「虎木様との生活以上に有効活用できる方法など存在しません！」

「なぁ、ちょっと落ち着けよ」

未晴がぐいぐい来るのはいつものことだが、今日は少し様子が違っていた。

どこか普段にはない焦りがある。

虎木は声を潜めて言った。

「どうしたんだ、らしくないぞ」

「どこがですか。私が虎木様に強引に迫るのはいつものことでしょう？」

「自分で言うな。突っ込みようがなくなる」

虎木は気を取り直して、落ち着かせるためにも未晴の肩に手を置いた。

「ひゃいっ⁉」

「なぁ、いいか未晴」

「は、はい……いつでも……」

「目を閉じるな、唇突き出すな、そうじゃねぇ！」

いつまでたっても話が進まない。

「未晴には本当に感謝してる。俺がどう逆立ちしたって返せないほどの恩を受けてる。だが、俺がお前の気持ちを受け止められる可能性があるとしたら、それは人間に戻れたときだけだ。確かにアイリスからも告白されたが、俺は吸血鬼である以上、どんなことがあっても特定のパートナーを持つ気はない。日の光の下を歩けるようになるまでは、絶対だ。頼む。俺のことを好きだと言ってくれるなら、それだけは承知してくれ。そうじゃなければ、俺はお前の気持ちには永遠に応えられない」

「……虎木様……でも、それは……」

未晴は粘る、が、粘られても虎木にも譲れないものがある。

言いながら虎木は、ちらりと隣の一〇三号室を見た。

これだけ騒いでも外に出てこないということは、アイリスは外出しているのだろうか。

いずれにしろこのマンションには虎木とアイリス以外にも入居者がいて、通りすがりの他の入居者に聞かれていい話でもない。

「悪いな、もうすぐ出勤時間だ。少し、歩かないか」

「あっ……は、はい……」

虎木が手を取ると、未晴は素直に引っ張られてついてきた。

マンションの外に出て手を離そうとすると、未晴は逆らって虎木の手を握り返してくる。

ここで振り払うのもさすがに大人げないと考えた虎木は仕方なく、このまま店までの道を歩き始めた。

「正直な、俺、自分がそんなにモテる方だと思ってないから、何でそんなに未晴やアイリスが良くしてくれんのか分からないんだ」

「虎木様の何に魅力を感じるかは人それぞれだとは思いますが、私が虎木様に感じている魅力は、お金だとか立場だとか、そういうものではないことはお分かりいただけますよね？」

「そりゃな」

その二つこそ、虎木が人生を十回繰り返したところで未晴に敵わないだろう事柄だ。

「……ザックのライブに行く前、うちに集まったろ」

「え？　ええ」

未晴は、虎木が突然違う話をし始めたので、驚いて顔を上げる。

が、続く虎木の言葉に息を呑んだ。

「あの時、和楽に何言われた？」

「……っ」

虎木が言っているのは、オールポートに狙われているザーカリーを守るための作戦を、虎木の部屋で話し合ったときのことだ。

その場にはザーカリーと所縁の深い虎木の弟、虎木和楽もいたのだが、オールポートに気絶させられてから目覚めるまでの間に、和楽が未晴とアイリス相手に何かシリアスな話し合いをしていた気配があった。

そのときはザーカリーの情勢が一刻を争っていたため虎木も深く追及しなかったが、思えばアイリスの態度が少し変わったのも、あの時が境であったように思う。

「それは、えと……」

未晴が、気まずそうに顔を伏せて口ごもった。

あの未晴が、である。

「もしかしなくてもあいつ、相当深刻な事を話しやがったか？」

未晴はやや躊躇う。

「アイリス・イエレイからは、何も？」

「あいつ、人からの相談を他人に漏らしたりは絶対しないからな」

「そんなところだけ、一人前の聖職者気取りですか」

アイリスに対して憎まれ口を挟むことを忘れないが、それでも普段に比べて全く覇気がなかった。

「俺が聞いていい話だったか？」

「いずれ、和楽長官ご本人から、虎木様にお話しされるとのことでした」

虎木は少しだけ息を入れた。

「一つだけ教えてくれ。和楽が話してくれるまで俺はゆったり構えてていい話だったか？」

未晴は答えなかった。言葉でも、態度でも。それが何よりの答えだった。

「悪いな。本当、俺達兄弟の問題に巻き込んじまって」

「いえ、そんな……私は好きで……」

「……今年中に、愛花を倒す」

「虎木様？」

「結局俺がこんなに卑屈なのも、二人の気持ちに応えられないのも、和楽がいらない心配しちまうのも、俺が何も成し遂げてないからだ。俺の自己肯定感が低いのもな」

「虎木様……」

「愛花を倒せば、どっちにしろ答えは出る。人間に戻れるか、戻れないか」

生きているか、死んでいるか。

「決して死なせません」

「死ななきゃ最悪畑にまかれるだけで済むかもしれないからな」

「虎木様っ!!」

「未晴」

前方に、店の灯りが見えてくる。

虎木は未晴から手を離し、未晴もそれを自然に受け入れた。

「ありがとな」

「虎木様……」

「それと安心してくれ。後ろ向きな言い方で悪いが、俺はこれ以上借りを作る相手を増やしたくないんだ。こんなこと言うととんだジゴロだが、昨日助けた子がお前みたいに俺と親密な付き合いになるなんてことはない。大体そう簡単に俺の身近に親密になれるような女性なんて現れねぇよ」

「そう願います。その子の将来のためにも。ところでジゴロとはまた、随分古い表現ですね」

納得したわけではないだろうが、とりあえず未晴が家を訪ねてきたのはこれ以上未晴の『ライバル』を登場させないための牽制、だったはずだ。

　そしてこの夜初めて未晴の表情にわずかだが笑みが浮かんで、虎木は胸を撫で下ろした。

「ところで、ザーカリー・ヒルとのトレーニングにアイリス・イェレイは参加しているのですか？」

「ああ、それはザックがさせてない。ただでさえザックは闇十字にとってお尋ね者だからな。あんまり絡めばアイリスの立場が悪くなるかもしれないってんでな。アイリスも、そこは素直に言うこと聞いてる」

　更に言うなら、ただでさえ日頃の接点が多いアイリスの告白に対して、虎木がどれほど心を傾けているか測るつもりもあったのだろう。

　アイリスが訓練に参加していないと言った途端に更に一段階表情が緩んだが、

「その代わりってわけじゃないが、ザックのバンドのアナさんが付き合ってくれてる。ザックと一対一じゃ限界あるからな」

　次の瞬間、十段階くらい一気に強張った。

「あ……アナさん……とは……」

「ザックのグループ、ＺＡＣＨのメンバーだよ。知ってるだろ。四人中二人がファントムで、ザック以外のもう一人がアナさん」

「そ、そ、そ、そうでしたっけ」

アナはＺＡＣＨの紅一点で、ＺＡＣＨの創設当初のメンバーでもある。

未晴はザーカリー以外にファントムのメンバーがいることは聞いていたが、それが女性メンバーだとは思わなかったし、虎木に急接近しているとも思わず、足元が覚束なくなる。

「とととところで、そのアナさんは、い、一体何のファントムで……？」

「さぁ、それが教えてくれないんだ。何か間違って弱点突いたりしたら悪いから聞いてみたんだけど、秘密よ、とか言って教えてくれなくて」

「へ、へぇえ……」

「見た目は人間なのに身体能力がめちゃくちゃ高いから、ヴェア・ウルフかなんかじゃないかなとは思ってるんだ。本当、天井や壁を走ってる姿なんか空飛んでるみたいなんだよ」

「そ、そ、そうですかぁ……」

「日中他のメンバーと一緒に出歩いてるらしいから吸血鬼じゃないことは間違いないんだけど、いつ教えてもらえるやらって感じでな」

身近に親密になるような女性が現れないと言った矢先にこれである。

未晴の身が震え、刀袋の中で鍔が鳴った。

「お、イートインにお客さんいるな」

そんなタイミングでもう店の前である。

「それじゃ、悪いな、これから仕事だから」

「え、ええ……その、頑張ってください……あ、そ、そうですね。コーヒーを一杯、買って帰ろうかと」

「ん？　そうか？　じゃあ入って待っててくれ」

未晴は抱えたもやもやが晴れないまま、ふらふらと虎木の後に続いて店へと入っていくと、

「あ、トラちゃんおはよ。実はトラちゃんにお客さんが……」

カウンターの中にいた雇い主の、妻と書類上だけ離婚し村田になり、従業員からまぎらわしいと抗議を受け結局通称として村岡さんと呼ばれることとなったオーナーの村岡が声をかけてきたと思ったら、

「お兄ちゃん！」

イートインコーナーから元気な声がかかった。

その生命力に惹かれるように目を向けると、そこには知った顔があった。

だがまさか、昨日の今日で再会するとは思いもしなかった顔だった。

年のころは十歳ほど。

長い髪をヘアゴムで縛り、紺色のコートにベロアのスカートを穿いた少女が、快哉とともに虎木の体に飛び込み抱き着いてきた。

「やっぱりあのときのお兄ちゃんだあっ！　こんばんは！　会いに来ました！」

そして満面の笑みで虎木を見上げた。

花が開くような可愛らしさ、とは正にこのことを言うのだろう。

だが、虎木はその無邪気な笑顔に素直な笑顔を返せなかった。

背後で、未晴が背負った刀の鍔がカタカタと鳴っていたからだ。

少女の姿が、かつての未晴の姿と重なる。

即ち数分前に未晴に言ったことが、一瞬で覆ったということだった。

「はーい未晴さん落ち着いてー。子供相手にヤッパ出したりしなーいしなーい」

未晴の不穏な気配を突き止めたのか、どこかに潜んでいたらしい詩澪が背後から未晴の両肩を押さえて鍔鳴りを止めさせる。

「ハナシナサイリァンシーリン。ミノホドヲワキマエナイコムスメニハ、イマノウチニヨノナカノキビシサトオトナノコワサヲホネノズイマデタタキコマナイトイケマセン」

そのままヤオビクニの新たな形態にでも覚醒しそうな未晴に冷や汗を流しながらも、村岡の目もあるので少女を振り払うこともできなかった。

「き、君は……」

狼狽える虎木にもう一度微笑みかけてから、やっと少女は虎木から離れると、

「昨日はありがとうございました！　私、羽鳥理沙って言います！　十二歳です！」

羽鳥理沙と名乗った少女は、深々とお辞儀をするのだった。

静かだった。

先ほどまでの喧噪が嘘のように店の中は静かだった。

店にいるのは虎木と村岡だけで、その村岡もあと十五分後、深夜十二時になると帰宅する予定だ。

「そーだ、騒ぎで忘れてた。トラちゃん、このポスターなんだけど張り替えお願いできる？」

その村岡が上がる間際、真新しいポスターの包みを虎木に手渡してきた。

ビニールを破って筒状のポスターを取り出し広げると、虎木は小さく「ああ」と頷いた。

「これってこんな風に届くんですね。ラベルついてるってことはもしかして」

「そ。他の販促物と一緒で普通に発注すんの。前に貼ったのトラちゃんが働き始めるより前だったんだけど、さすがに汚れちゃってるじゃん？　イメージ悪くなるから」

虎木は何なら出勤する際には必ず目に入っているが、かと言ってそれについて何か特別な業務が発生したり、意識すべき指導をされたりという記憶が全くなかった。

「入ったばっかの頃、研修ブックかなんかで読んだ記憶ありますね、このカバのマーク」

フロントマート池袋東五丁目店の自動ドアには、一番目立つ場所に、ヒーローの格好をしているカバがシンプルに可愛(かわい)らしくデフォルメされて描かれたポスターが張り出されている。

大きく口を開けた笑顔のカバが両手を広げた絵で、その下には柔い大きなフォントとひらがな、カタカナで『たいへんなときにはエスカバーマンのおみせへ』と書かれていた。

これはフランチャイズ・ビジネスに関わる多くの企業や店舗が加盟する社団法人と警察庁が連携した『セーフティースペース活動』のポスターだった。

ポスターにはマスコットキャラのエスカバーマンとランドセルを背負った子供が駆け込むイメージ図、そして警察110番と消防119番、AED装置設置を示すアイコンが大きく表示されている。

このポスターの図案から、このポスターを掲げている店舗や企業、建物は緊急時に逃げ込んだり助けを求められる場所、という認識を一般からは持たれているが、このポスターの実情はもう少し多岐にわたっていた。

セーフティースペース活動は確かに防犯、防災を大きな活動の柱としているが、更にその前提として『地域の』という概念が付随される。

このエスカバーマンの描かれたセーフティースペース活動の第一義は地域貢献にあった。

そのためセーフティースペース活動ポスターを掲げている店舗・建物の運営者は地域の実情にあった『安心安全な地域作り』や『地域の青少年環境の健全化』を目的に活動することを標(ひょう)榜(ぼう)していることになる。

そのため、防犯や防災の拠点となることもあれば、地域でお祭りがあれば店先や駐車場に屋台を出したり、地域の清掃活動に参加したり、地域の幼稚園、保育園で塗り絵コンテストを開いて店舗に掲示したりもする。

「なんというか、これでもかって感じで順序が逆になったね」

「そんな上手くないですからね……？」

虎木はエスカバーマンの真新しいポスターを見ながら引きつった笑みを浮かべた。

ドアの電源を一旦切って、接着面から湿気が侵入したか、縁が茶色く染みてしまった古いポスターを剝がし、新しいものに張り替えた。

「古い方のポスターはどうすればいいですか？」

「一応捨て方を指示されてるからスタッフルームに置いておいて。普通のゴミと混ぜないでね」

一応外側から貼り具合をきちんと確かめ、綺麗に貼れていることを確認する。

確認して、ついランドセルを背負った子供のアイコンと、110番の表示が目に入る。

「理沙ちゃん、だっけ？　さっきの子。本気だと思う？」

「知りませんよ。あれくらいの女の子が考えることなんか。灯里ちゃんがあれくらいだったのそう何年も前じゃないんですから、村岡さんの方が詳しいでしょ」

「分かったらうちの家庭はあんなことになってない」

急に能面のような顔になり、虎木は地雷を踏んだと内心顔を顰めるが、それはそれとしてそちらから足元に地雷を置きに来たくせに勝手に巻き込まれないでほしい。

「まぁ、そのエスカバーマンの理屈に照らし合わせればあの子みたいな地域の人との交流を拒むわけにはいかないんだけど、まぁびっくりだったよね」

村岡が困惑するのも仕方がない。

二人が話しているのはもちろん、昨夜虎木が助け、今日そのことでお礼をしたいと訪れた羽鳥理沙のことだった。

※

虎木は最初、羽鳥理沙との不意の遭遇と、未晴の殺気に惑わされて気付かなかったのだが、イートインコーナーにはもう一人お客がいて、その人物が理沙の後ろから慌てて立ち上がって頭を下げてきた。

「は、羽鳥さん！　ダメですよ！　いきなりそんな！　申し訳ありません！　きちんとご挨拶もせずに……！　ええと、虎木由良さん、ですよね？」

詩澪と同年代かやや年上の女性だった。

理沙と同じくセミロングの髪をバレッタで留め、デニムパンツの上にシンプルなシャツを着ており、イートインカウンターにはロングのダウンコートが置かれていた。

「確かに虎木ですが、あの、えっと……」

理沙はともかく、女性は完全に初対面だった。

声をかけられた瞬間こそ保護者かと思ったが、母親にしては若すぎるし、羽鳥さん、と呼びかけている時点で家族ではないだろう。

更に言うと幸が薄そうながら儚い美しさを湛えた女性であったため、詩澪が額に血管を浮かべるほど全力で未晴を押さえないと刀の鍔鳴りが抑えられなくなってきていた。

「あ、そ、そうですよね！　私ったら羽鳥さんに注意してるのにきちんとご挨拶もせずに」

慌ただしくばたばたとコートを置いた席に戻り、すぐに名刺入れらしきものを手に戻ってきた。

「あっ！」

だがあまりに慌ただしく動いたので椅子に足を引っかけ蹴躓き転びそうになって、

「危ないっ！」

思わず虎木が手を差し伸べ、危ういところでその手に捕まり転倒を免れた。

「す、すいません、重ね重ねお見苦しいところを」

女性は顔を真っ赤にして姿勢を正し、虎木はやや困惑しながらそれを手伝い、虎木の背後の鍔鳴りはいよいよ誤魔化せないほど大きくなってきた。

だが女性は顔を赤くしたままおぼつかない手で名刺入れを開き、一枚を虎木に差し出した。

「私、出日樹里と申します。夜間学童保育所『イエローガーベラ』の副所長をしております」

「夜間学童？」

思いがけない言葉が出てきて虎木は驚き、鍔鳴りも止まる。

「珍しい苗字だよね、出日センセー」

「先生……」

理沙が出日樹里と名乗った女性に対し、微笑みかけた。

「はい。その、羽鳥さんは私の学童に来ている子、なんです。ええ」

ああそれで、と言おうとして、虎木は危うく首を傾げそうになった。

どうやって虎木と詩澪の勤め先を割り出したのかは知らないが、理沙の言動や昨日の今日で尋ねて来たからには昨夜のお礼を言いに来た、ということのはずだ。

だが、そのためにやって来た保護者が親や家族ではなく夜間学童の先生では、筋が通っているようで通っていない気がした。

「あの、あのですね、羽鳥さんの親御さんがどうしてもこの時間に外出できませんで、それで昨夜のことはこの時間に羽鳥さんを見ていた私どもの責任でもありますから」

虎木が抱いた疑問を察したか、それとも先に詩澪が同じ疑問を呈していたのか、樹里は重ねてそう言った。

「はぁ、そうでしたか」

虎木としてはそう言うしかない。

元々お礼を期待して助けたわけではないし、理沙や樹里にも事情はあるのだろうから、彼女達が信じる理由があるのであればそれを追及するつもりはなかった。

だがまだ分からないこともある。

「ところで、一体どうして俺達の勤め先を？」

言ってしまえばまだ事件が起こってから丸一日経っていないのだ。

「あ、はい。それは……」

樹里が口を開こうとして、視界の下から理沙の元気な声がはじけた。

「お巡りさんが教えてくれたんだよ！」

流石にこれには驚いた。

虎木達が被害者である理沙達の情報を教えてもらえないのは当然だが、被害者は助けてくれた相手のことを簡単に教えてもらえるものなのだろうか。

警察の要職を務めた人間が二人も親戚にいながらそのあたりの事情には明るくない虎木だが、二人がこうしてこの場にいるのだからそういうものと考えるしかないのだろう。

「お兄ちゃん、フロントマートのコート着てたでしょう？」

理沙が言うように、身元が割れるとしたらそこからだろうと思っていたが、池袋だけでもフロントマートがどれだけあるかを考えると、確かに警察が話しでもしない限りはこの早さで特定されるとは思えなかった。

「だから近くのお店の人なんだろうなーとは思ってたんだけど、フロントマートって沢山あるでしょ。お礼をしたいんですってお願いしたら、お巡りさんが教えてくれたんだ」

「私も正直本当にこちらなのか半信半疑でしたが、夕方恐る恐る伺ったら……」

「レジに魔法使いのお姉ちゃんがいたから、絶対ここだって分かったの！」

「「魔法使い？」」

村岡と未晴が同時に詩澪の方を向いた。

言葉は変わらなかったが、村岡と未晴の表情は大きく異なり、その差は詩澪の正体を知っているかどうかの差でもあった。

「ま、例の現場でちょっとしたことがありましてー」

後から未晴に詰められそうな予感をびしばし感じる詩澪だったが、理沙の手前こんなことくらいで動じる彼女ではない。

「お巡りさんは信じてくれた？」

「分かんないけど、多分信じてくれなかった」

「そっか。じゃあそのあたりのことは後で二人だけでお話ししようね？」

むしろ自分から理沙に話を広げに行って、想像通りの回答を得て魔法使いの話がそれ以上拡大するのを防いだ。

「と、とにかく本当に羽鳥さんを助けていただいて、ありがとうございました！　その、これ、つまらないものですが……！」

樹里が虎木でも知っている洋菓子店の紙袋を差し出してくる。

「いやそれは、こちらとしてもそんなつもりでやったわけではないので！」

「いえ、私どもの監督不行き届きでこうなったこともありますし、どうか、どうか……」

樹里と虎木の間で紙袋がふらふらと行き来し、

「何よぉ、監督不行き届きってぇ」

「え？　あ、その羽鳥さんが悪いって言ってるんじゃないんですよ？　ただ、その……目を離した隙にいなくなってしまったのは本当でしょう？」

「どうせいただかないと引っ込みつかないんだからさっさといただけばいいのに」

「いや、そうは言っても、俺はそこまで大したことしたわけじゃ……」

理沙と詩澪の呟きに、樹里と虎木は双方困ったような顔をする。

「それじゃあ……すいません、ありがたくいただいておきます」

「はい、本当にありがとうございます……それであの、もうお一方いらっしゃったそうですが、その方もこちらにお勤めなんでしょうか」

アイリスは勤め先を警察に話さなかったのだろうか。

　聴取は女性警官が担当しただろうから話せなかった、ということは無いだろうが、単純に理沙に虎木達のことを教えた警官が違うという可能性もある。

　虎木と詩澪はともかく、アイリスの職場は虎木達が勝手に教えて良いものでもない。

「いや、彼女は……」

　なので虎木はそのことを伝えるべく口を開くが、

「一時はお店の常連でしたけど、最近はどーしてか来ないことも多いですねぇ？　ねぇ虎木さあん？」

　また詩澪が余計なことを言い出した。今ここで話をややこしくすることは言わないでほしいし、

「リァンシーリン。クチハワザワイノモトトイウコトバヲオシエテサシアゲマショウカ」

　こうやって未晴を刺激することにもなるからやめてほしい。

「え、ええと、でも、俺は彼女に連絡取れますから、お二人がいらっしゃったことは伝えておきますよ」

「そ、そうですか。申し訳ありません。よろしくお伝えくだ……」

「ええ！　あのお姉ちゃんには会えないの!?」

　虎木と樹里が、良くも悪くも大人のなぁなぁで事態を済ませようとしたところ、当事者である理沙から物言いがついた。

「あのお姉ちゃんが最初に犯人に立ち向かってくれたんだよ。きちんとお礼しないと！」

理沙の言うことも、確かに一理ある。

虎木としても、再会が急で驚いただけでアイリスに会わせたくないわけではない。

ただアイリスの職場の特殊性もあって、会わせるなら多少気を遣わなければならない。

「出日さんさえ良ければ、もう一人に連絡が付き次第、俺からこちらの連絡先に電話差し上げてもよろしいですか？」

「あ……はい、そうですね、そういうことでしたら……」

虎木と樹里が同時にスリムフォンを取り出したせいで、また未晴の背で鍔鳴りが始まる。

「先ほども申し上げたように私どもは夜間保育所ですので、お電話いただくなら日中の午後だと大変ありがたいです」

「日中ですか」

絶対連絡が不可能な時間帯を指定され一瞬困惑するが、樹里が言葉を付け加えた。

「あ、でも午前中とかはその、仕事が仕事なので寝ていて出られないことの方が多いので、メールかメッセージをいただければ」

「分かりました。じゃあそれで。出来るだけ早めに連絡します。電話をするときは、頂いた名刺の番号にかけて大丈夫ですか？」

「はい、もし出なければ、恐縮ですが留守電を入れて頂けると……」

「分かりました。それじゃ後でこのメールアドレスに俺の番号も送っておきます」

緊張もしていたのだろうし、虎木の人柄に接して安堵もしたのだろう。

樹里の顔に微かな安堵の笑みと紅潮が見てとれ、

「はーい未晴さんちょーっとこっちにいいですかあ？　実は昨日発売したばかりの新商品をご案内したくてぇ！」

「ヨクモイケシャアシャアトトラキサマノアラユルレンラクサキヲ……」

それを見て再び鍔鳴り修羅となりかけた未晴を、詩澪が最適なタイミングと意味不明な理由で店の奥へと引っ張っていった。

「ねぇ、あのお姉ちゃんといつ会えるの？」

「ああ、どうだろうな。あのお姉ちゃんもお仕事してるから、すぐってわけにはいかないけど、できるだけ早く出日先生に連絡するよ。だからそれまで待っててもらえるかな」

「うーん、そっかあ……」

すぐに会えないことが残念なのだろうか、理沙は少し俯いて考えるような仕草をする。

「そう言えばさっき、魔法使いのお姉ちゃんが、このお店のお客さんだって言ってたよね。ならさ、私がお店に来て待ってたら、会えないかな！」

「ええ⁉」

とんでもないことを言い出して虎木を驚かせ、少し離れたところで見守っていた村岡は微かに眉を顰めた。

「だってお兄ちゃんもお姉ちゃんも友達なんでしょ？　アイリスさん、だっけ」

「いやぁ、それはちょっと……。お客として来るときはいつ来るかも分からないし、さっきも言ったように来ない日も多いから、適当に来ても多分会えないと思う」

「じゃあ毎日来ちゃだめ？」

　早くアイリスに会いたいという理沙の気持ちは分からなくもないが、こうなってしまうと虎木としても素直に良いとは言えなくなる。

「少しだけここで待って、会えなさそうなら帰るから」

　いいことを思いついた、というテンションで告げる理沙。

　だが、それでは虎木達は良くても村岡と他のスタッフが困ってしまう。

　コンビニのイートインコーナーは、一応は買い物をした人のための場所であり、虎木と詩澪と村岡以外にはアイリスは特別目立つ客としては認知されていない。

　また理沙が家と学童のどちらから来るつもりなのかは分からないが、それこそ道中で事件や事故が起こったら誰も責任を取れない。

「あー、ちょっと待ってな。アイリスの予定、ダメ元で確認してみるから」

　大人の理屈では引っ込みそうにない虎木は根負けして、村岡に目配せしてからアイリスに電話をかけた。何なら今日これからでも来てもらえれば話は早かったのだが。

「ダメか」

マンションの廊下で未晴とあれだけ騒いでいたのに出てこなかったことで察してはいたが、恐らく今、アイリスは修道騎士としての仕事中なのだろう。

もしかしたら昨夜のことで、中浦やオールポートから詰められているのかもしれない。

あのときアイリスは腰のポーチに聖槌リベラシオンを携帯していなかったのは、警察署に連れて行かれたことを思えば不幸中の幸いだった。

とにかく、今すぐにはアイリスと理沙を会わせられない以上、理沙にはなんとか堪えてもらうほかない。

「ちょっと予定はすぐには分からないみたいだ。でも約束する。必ず理沙ちゃんとアイリスが会えるようにするから、もう少しだけ待っててくれるか？」

「うーん、仕方ないんだよね。分かった」

理沙は少しだけ不満そうな顔をするが、それでも納得はしたのか小さく頷いた。

が、

「じゃあさ、お兄ちゃん、私ともメルアド交換してくれる？」

言うが早いが、理沙はスリムフォンを取り出した。

「え？　メルアド？」

「出日センセーとも交換したんでしょ。アイリスさんと会えることになったら、私にも連絡ちようだい」

虎木は困惑してしまう。

親戚でもなんでもない、知り合ったばかりの少女と連絡先を交換して、闇十字からまたあらぬ疑いをかけられはしないだろうか。

「ダメ？」

「いや、ダメって言うか……一応個別のお客さんとそういうことするのはほら、勤め先のルールというか……」

そんなルールは存在しないのだが、逃げ口上として言ってみる。

村岡も虎木の困惑を理解してくれているのか特に口を挟んでこなかったが、

「え？　魔法使いのお姉ちゃんは交換してくれたよ？」

逃げ道は既に塞がれていた。

虎木も、そして村岡も驚いて店の奥に未晴と共に消えた詩澪の方を見ると、

「…………！」

詩澪がこちらに向けて申し訳なさそうに手を合わせていた。

虎木が来る前に何があったのかは分からないが、詩澪は既に理沙とある程度話し込み、連絡先を交換してしまっていたらしい。

困って樹里の方を見ると、

「えと、虎木さんさえよろしければ、その、交換してあげてください……」

「マジすか」

止めてくれるかと思いきや、目を逸らしつつ促されてしまった。

「……分かったよ、でも、連絡は必ず出日先生と一緒にするからね？」

それが虎木の精一杯の大人の対応だった。

「うんっ！」

理沙は嬉しそうに頷くと、たどたどしい手つきでスリムフォンを操作して、自分の電話帳ページを虎木に差し出した。

虎木はそれを受け取ると、仕方なく理沙の連絡先を登録し、自分から電話とメール、ＲＯＰＥアカウントを送信する。

「ありがと！　私からも連絡するね！」

「あ、ああ……」

視界の端では樹里が詩澪と似たような調子で手を合わせながら何度も申し訳なさそうにぺこぺこしている。

恐らくだが樹里は元々の性格も相まって、学童の子供に強く出られない性質なのだろう。

理沙は理沙でかなり強気な性格らしく度々先生を振り回していると思われる。

虎木と理沙の連絡先の交換が済んだところを見計らって、樹里がぱちんと手を叩いた。

「それじゃ、その、これ以上お仕事のお邪魔をしてもいけませんので、これで失礼します！」

「ええ!?　もう帰るの!?」

一方で理沙はまだここにいたいのか、不満たらたらに頬を膨らませた。

そんな理沙を、樹里は変わらない調子で宥める。

「ね、羽鳥さん。これ以上はお邪魔ですから、今日のところは、ね？　虎木さんもまた連絡してくださるって仰ってますし」

理沙は何度も虎木と樹里を交互に見たが、途中で一度だけ村岡の方に顔を向け、

「分かった、お邪魔しました」

不満を抱えつつも一応了承して頷いた。

「ね！　私からも連絡するから、絶対返信してね！　お兄ちゃん！」

それでも帰り際、虎木に強く念押しした理沙は、最後には樹里に手を引かれて引きずられるように店を後にした。

二人が帰ってから虎木は、

「……はあああああ」

重く長い溜め息とともにイートインコーナーに腰を落としてしまう。

そして村岡も、心中を察したように虎木の肩を叩き、

「申し訳ありません……ちょっと、脇が甘かったです……」

詩澪もいつになく真剣に村岡と虎木に頭を下げて詫び、

「油断ならない小娘……こうも易々と虎木様を押し切るなんて……！」

冷静さを本当に失っていたらしい未晴は、詩澪に薦められた新発売のサクラホイップメロンパンを齧りながら、理沙と樹里が帰った自動ドアを、いつまでも憎々し気に睨んでいたのだった。

※

その後、詩澪はシフトが終わって店を上がった。

未晴も、村岡の手前あまり激しいアプローチはなく、前言通りコーヒーを一杯だけ買って、刀を鳴らしながら割とすぐに帰って行った。

その後はしばらく村岡と虎木二人で通常業務に当たっていたのだが、エスカバーマンのポスターをきっかけにまた虎木の気は重くなる。

「それでトラちゃん、あの子が本気で連絡してきたらどうすんの？」

「どうすんのって、どうもしないですよ。適当に相手するほかないじゃないですか」

「それで済めばいいけどねぇ。あの調子だと、明日には店に来てる気もするよ」

口調こそ冗談めかしているが、その公算が大きいことは分かって言っているようだった。

「実際こうなったら、一刻も早くアイリスに都合つけてもらって、理沙ちゃんと会ってもらう他ないと思います」

「そうしてもらえる？　気の強そうな子だし、住んでるとこがどこだか分からないから行き帰りで事故や事件に遭ったら大変だしさ」

「本当すいませんでした……」

明らかに虎木と詩澪が店に面倒を持ち込んだ形なので虎木は村岡に頭を下げるが、村岡は慌てて首を横に振った。

「違う違う。誤解してほしくないんだけど、トラちゃんも梁さんもやるべきことをやっただけだよ。あの子にも悪いとこなんか全然ない。ただまぁ、僕も一応は女の子の親だから、あの子の親は何をしてるのかなって、ちょっと気になるだけ」

確かに、結局理沙の家庭環境についての話題は今日も出てこなかった。

虎木側が敢えて尋ねなかったのは確かだが、事情が事情だけにやはりあの場に親が出てこなかったことは気にはなる。

ネット記事のコメントにあった『児相案件』という文字列がちらりと脳裏をよぎった。

そんな虎木の心を読んだかのように、村岡はポツリと言う。

「ただまぁ、親はちゃんといるし、共働きの家庭なんだろうなって気はしたけどね。何ならちょっと裕福なんじゃないかな」

「え？」

「出日さんの名刺。学童でしょ？　シッターさんとかじゃなく」

「ええ、そうでしたね」

「高いんだよ、夜間保育とか夜間学童って。しかも今日、日曜だよ。事件があった昨日は土曜。その手のサービス、土日祝日料金が上がるのも分かるでしょ。区立とか市立の学童はどんなに長くても夜七時までだから」

確かに、虎木が出勤したのがそもそも午後七時過ぎだった。

「理沙ちゃん、十二歳って言ってたけど、それくらいの年齢ならもう一人で留守番できる年齢だからね。低学年ならともかく、最上級学年の子をきちんと夜間学童に入れてるってことは、それだけ親御さんに責任感とお金があるって考えられなくもない」

「……なるほど」

その分析は虎木には無かった視点だった。

「ま、色々意見はあるだろうけどね。親のキャリアと子供の家庭環境どちらが大事か、みたいな話は、昭和の時代みたいに父親は仕事、母親は家庭、みたいなガチガチステレオタイプが圧倒的じゃなくなった分、余計に正解なんか存在しなくなってるからね」

「今回みたいなケースだったら親が出てきた方がお互い安心でしたけどね」

「まぁね。僕も学童の先生だけってのは驚いた。先生が出てくること自体はいいとして、親は親で出てくるべきだろうなと思ったよ」

村岡もその点は同意した。

「ただ好意的に解釈するなら、こんなことですら出てこられないほど親御さんは多忙を極めてる職業って可能性もあるよ。大きな会社の社長とか、政治家とか、芸能関係とか。理沙ちゃんの押し出しの強さはきっと、そういう裕福な家庭の一人っ子だからとかじゃないかな。ま、下世話な想像だし、事実上家庭が崩壊してる僕が言えたことじゃないけど」

政治家なら逆に万難を排して出てきそうな気もするが、少ない情報であれこれ想像をたくましくしても詮無いのも確かだ。

「その後、どうなんですか?」

村岡が水を向けてきたこともあって、虎木は大きく話題を変えた。

「不思議なもんでね、離婚した後の方が家族の会話は増えたよ。今だけかもしれないけど、やっぱザーカリーのライブの効果は凄いね。先週妻が、ZACHのアルバムが配信されたのをわざわざ知らせてくれたよ」

村岡は複雑な笑顔で言った。

「だからかな。余計に気になるのかもしれない。僕、灯里が理沙ちゃんくらいの歳の頃に何してたか、ほとんど覚えていないんだ。や、知らないって言わなきゃかな」

村岡の所有するコンビニの店舗は池袋東五丁目店以外に二軒あるが、その二軒は六年前に半年差でオープンしたのだという。

元々は村岡の妻、明音の父親がやっていた『村岡商店』という酒屋の経営を託された村岡が、三代続いた酒店からコンビニフランチャイズ経営に舵を切り、新店舗二店展開という、コンビニフランチャイズ事業的には大成功を収めた結果が今のこの状況だった。

ただ、事業規模が急拡大したせいで村岡の仕事量は事業規模に比例して拡大し、結果家庭を顧みることができなくなってしまった。

妻の実家を拡大したのに妻が三行半を叩きつけてくるというのは傍から見れば理不尽にも思えるが、明音がどの店舗の運営にも一切携わっていないところを見ると、家族の中でしか分からない事情を抱えていたのだろう。

その結果、現在村岡は妻と同居しながらも、書類上離婚してしまっている。

家族の最終的な結論としてそこにたどり着いてしまったからこそ、理沙の環境に想像たくましくし、過去の灯里と自身の状況を重ね合わせ、複雑な思いを抱いているのだろう。

「ま、あれだ、多分あの調子じゃ本当に連絡とってくるだろうから、アイリスさんに後ろから刺されない程度に穏便に相手してあげなよ」

「割と洒落になってないっす」

後ろから刺されるどころか、虎木が迂闊なことをすればあの場で袈裟斬りにされていたかもしれないとは村岡も思わなかっただろう。

「それじゃ、僕は上がるから。本当お疲れ」

「はい、お疲れ様ですー」

村岡が退勤し、一人になって改めて理沙との会話を思い起こす。

あの時こそ日頃触れ合わない子供のテンションに慌てたが、冷静に考えれば別に向こうは虎木と仲良くしたいわけではないのではないだろうか。

直前に未晴と惚れた腫れたの話をしていたから妙な雰囲気になってしまったが、今時の小学生は当たり前のようにＳＮＳや動画サイトなどで顔出し配信や動画投稿をすると聞いたことがある。

新しい知り合いが出来たらＳＮＳなどの外部ツールで繋がるのがもはやセットになっていると考えれば、それほど深刻に考えるほどのことでもないのかもしれない。

午前一時を過ぎて搬入のトラックがやってきて、一人で棚の整理をしていると、ポケットの中でスリムフォンが振動した。

店内にお客がいないのを確認してからちらりと画面を見ると、理沙ではなくアイリスからのメッセージポストだった。

『ごめんなさい。電話に出られなくて。今、仕事中？　私の方も忙しくて、またメッセージを入れます』

「随分時間かかったな」

虎木はつい時計を見る。

理沙達が帰ってから既に六時間近く経っている。

そのタイミングまでスリムフォンを見る暇もないほど忙しかったということだろうか。

アイリスが闇十字の用事で忙しくしているイメージがなかなか湧かないが、あれほど表立って上に反逆したアイリスすら忙しく仕事をしなければならない状況というのは、結構マズいのではなかろうか。

理沙とアイリスを会わせるタイミングが遅れる以上に、またぞろファントム絡みの厄介ごとに巻き込まれるかもしれない。

ただでさえ『パートナー・ファントム』という関係性が意味深なことになってきているのに、修道騎士の通常聖務に駆り出されたらまた未晴や詩澪もうるさくなりそうだ。

きっと闇十字にも決算期とか棚卸などがあるのだろうと強引に解釈し、かといって搬入の仕事中に理沙のことを説明するために電話したりメッセージを打ったりするのもはばかられたため、一旦見なかったことにしてスリムフォンをポケットにねじ込んだ。

既読マークがつかなければ、向こうも今こちらが仕事で忙しいと判断してくれるだろう。

急ぎたいことは急ぎたいが、かといって一分一秒を争うほどのことではないから、仕事を上がってからゆっくりメッセージを打てばいいだろう。

そう考えて再び搬入の作業に戻ろうとしたときだった。

入店音が鳴ったので、虎木は作業を中断して立ち上がる。

「いらっしゃいませー……ん？」

虎木は思わず眉を顰めた。

入って来たのは、制服姿の警察官を従えた、厳しい顔つきのスーツ姿の男性だった。

「失礼します」

男性はまっすぐ虎木のいる場所に向かってくると、虎木に向かって真っ先に手をかざす。

その手の中にあったのは警察手帳であり、掲げられている写真は間違いなく目の前の男のものだった。

「えっと」

「虎木由良さんという方は、こちらにいらっしゃいますか」

「俺が虎木ですけど……」

名前は寒河江孝弘。階級は巡査部長であるらしい男は、虎木を頭の上からつま先まで無遠慮に眺めまわす。

恐らく確認するまでもなく虎木の顔や風体は頭に入っているのだろう。

「昨日は犯人逮捕にご協力いただき、ありがとうございます」

「まさか、こんな時間から事情聴取ですか？　確かに追加で聞きたいことがあったら呼ぶとは言われてましたけど」

「そうだったらよかったのですが……虎木さん、失礼ですが、この男、見覚えありますか」

刑事であろう寒河江巡査部長は、プリントされた一枚の写真を差し出して来た。

写っているのは監視カメラかなにかの粗い画像だった。

精彩を欠いた表情をした中年男性が殺風景な建物の廊下を歩いている最中で、カメラに気付いて睨み上げている、そんな写真だ。

解像度が粗いのと、見たことのない場所だったため、虎木は首を横に振りそうになり、

「いや、待てよ」

知り合いではないが、どこかで見たことのある顔。

どこでだったかとしばし考え、

「あ！　もしかしてこれ、昨日の犯人ですか⁉」

写っていたのは、昨夜理沙を襲っていた男だった。

虎木は昨夜、はっきりと男の顔を見ている。

それは単に間近で顔を合わせたというだけではなく、虎木の吸血鬼の目が、夜や暗がりなど簡単に見通せるからだ。

それでも一瞬分からなかったのは、精細を欠きつつも落ち着き切った顔が、昨夜の錯乱した様子と一致しなかったからだ。

「やはりお分かりになりますか」

「まぁそりゃ、昨日見た顔ですし」

寒河江は苦渋の顔になるが、すぐに意を決したように息を大きく吐いた。

「単刀直入に申し上げます。逮捕にご協力いただいたこの容疑者は、現在警察署を脱走しています」

信じがたい言葉だった。

「は？　え？　だ、脱走？」

「……はい。この写真は、脱走直後の署内留置所の写真です。今日の十五時頃の署内の監視カメラからプリントしたものです」

「そんな早い時間でですか⁉」

あり得ない話だった。

警察に逮捕された被疑者、容疑者が脱走するなど、日本全国見渡しても何年に一度あるかないかの事件であり、脱走を許してしまった場合は連日大きく報道される。

しかも子供相手に刃物で凶行に及んだ男が脱走となれば、それだけで管掌していた警察署長のみならず警視庁幹部のクビが危うくなる事態だ。

そのとき、寒河江たちの後ろから新たな客が入って来た。

寒河江たちが一斉に振り向くと、新たな男性客はギョッとした顔で立ちすくむが、当然というかなんというか、写真の男ではなかったため寒河江たちは軽く会釈をして、新たな客もそそくさと売り場に逃げてゆく。

「……いらっしゃいませ」

虎木は間抜けなタイミングで客に挨拶をすると、

「あの、イートインの方に入ってもらっていいですか。こんな時間でもお客さん来るんで」

そう促し、寒河江も素直にイートインコーナーに移動する。

新たな男性客は明らかに異様な雰囲気を醸し出す寒河江と制服警官を横目でちらちらと窺いつつ、酒類とつまみと雑誌という、ありきたりな買い物をしてすぐに立ち去った。

「お仕事中に、本当に申し訳ありません」

「いえ、いいんですけど、それでその男が脱走して、警察が俺のところに来るってことは」

「はい。現在、アイリス・イェレイさんと梁詩澪さんにも、急ぎ連絡を取らせているところです。大変申し上げにくいことなのですが……」

寒河江は言い淀んだが、またも己を鼓舞するように大きく息を吐き、虎木にとっては信じがたいことを言い出した。

「この男が、虎木さん、アイリスさん、梁さんの住所氏名などの個人情報を閲覧した可能性があるんです」

「はあ⁉」

脱走を上回る驚きだった。

常識的に考えて、事件の容疑者が捜査協力者の個人情報を知ることなどあり得ないことだ。

しかも今この寒河江は『閲覧』という言葉を使った。

「まさか、俺達の調書を見られたってことですか」

「……あってはならないことでした」

そう言ったところで、警察がわざわざこんなことを言いに来る以上、あったことなのだ。

「一体警察の情報管理、どうなってるんですか」

流石に虎木は渋面で苦言を呈し、寒河江は申し訳なさそうに頭を下げるだけ。

「実は今日の夜七時過ぎくらいに、被害者の女の子がうちの店に来てるんですよ？　警察に俺達のことを聞いたって言って」

「えっ⁉」

だが、理沙のことを寒河江は把握していなかったらしく、面食らったように顔を上げた。

「お巡りさんに聞いたら勤め先まで教えてくれたって言ってましたよ。それってそういうものなんですか？」

「い、いえ、普通はもちろん、虎木さん達の了承をいただいてからということになりますが、でも、そちらについては例えば『お礼をしたい』と言われて教えてしまう警官は、いる……かもしれません。それも、あってはならないことなのですが」

言い訳がましい口調になっていることに気付いたのか、寒河江の声は小さくなる。

「それでつまり、そいつが脱走して俺達に復讐に来るかもしれないってことなんですね」

「……仰る通りです」

現実問題として、虎木もアイリスも詩澪も、普通の人間の犯罪者が復讐にきたところで返り討ちにすることなど造作もない。

だが勤め先が書かれた調書が見られているとなると、村岡や灯里、そのほかのスタッフにまで被害が及ぶ可能性は大いにある。

「脱走が十五時……午後の三時ごろだって言ってましたよね、もう何時間も経ってますけど、何で警告に来るのがこんなに遅くなったんですか」

時間は既に午前二時になろうとしている。

昨夜虎木達が連れて行かれたのは豊島中央警察署であり、雑司が谷からのんびり歩いても三十分かかるかかからないかの距離しかない。

「それが……脱走が判明したのが二時間ほど前で、資料閲覧の事実が分かったのがつい先ほどなんです」

これもまた意味の分からない話だが、これが本当ならば警察は九時間近くも、脱走の事実に気が付かなかったことになる。

「おかしいでしょう？　写真見るとこいつ手錠もしてないし、それに留置所って鍵かかってるし見張りとかいるでしょう」

「仰る通りなのですが……我々としても原因究明の途中でして……」

起こってしまったことは仕方がないが、不自然なことが多すぎる。

「と、とにかく、今後虎木さんとアイリスさん、梁さんの自宅周辺の巡回頻度を増やし、こちらのお店には警備のために警察官を立たせます。必要でしたら警察で用意したセーフハウスに移動していただくこともできます」

「いやセーフハウスはいいです」

「そ、そうですか」

即答する虎木に寒河江はやや面食らう。

捜査協力者用のセーフハウスの存在は以前から和楽や良明を通して知ってはいたが、わずかでも日光が入る部屋にいれば灰になる吸血鬼の身の上でそんな場所に入れるはずもない。

それよりも、容疑者がどういう人間なのかを理解しておいた方がまだこの先、対策の立てようがある。

「それで、少しは教えてもらえるんですよね。容疑者のこと」

「それが……逮捕直後は自分では立ち上がれないほどの無気力状態で、ほとんど聴取ができていないんです。所持品から名前と現住所だけは判明しているのですが、もちろん現住所に戻っているといったことも今のところはなくて……」

それはそうだろう。所持品を押さえられた状態で脱走して、悠長に自宅に帰る脱走犯がいるとも思えない。

「容疑者の男は鉈志次郎。前科前歴などはありません。ただ、情けない話なのですが、一体どうやって脱走したのか分からないんです」

「分からないって、留置所に監視カメラは無かったんですか？」

留置所は刑務所とは違うから、部屋一杯の監視モニターで、というようなことはないだろうが、脱出後の様子がプリントされている以上、監視カメラ自体はあったはずだ。

だが寒河江は険しい顔のまま、低い声で言った。

「あったのに、分からなかったんです」

「へ？」

「……これ以上は捜査機密に関わることなのでお教えできません。ですが、とにかく虎木さんは身辺を警戒してください。もし少しでもおかしなことがあったら躊躇わず１１０番していただくか、私に直接連絡をください」

捉えどころのないことを言うと寒河江は名刺を差し出す。

長年警察官僚の親戚をやっていたが、刑事が捜査中に名刺をくれるとは知らなかった。

「私に直通する番号です。取り急ぎ今夜は、すぐ近くにパトカーで待機しています。明日、改めてこちらのお店の責任者の方に事情をお話しして警備のシフトを組ませていただきます。ご面倒ですが、皆さんの安全を守るためですので、どうかご了承ください」

寒河江は精一杯の誠意でそう告げると、制服警官とともに頭を下げて帰って行った。
帰って行ったように見えるが、言っていたようにどこかの路地でパトカーを待機させているのだろう。

「マジかよ」

とことん面倒なことになった。

理沙にせよ寒河江刑事にせよ、別に虎木の命を狙っているわけでもないし、突然頭から足元まで黒ずくめで襲ってきて妙な術をかけてきているわけでもない。

鉈志次郎も、現状の行動は凶悪犯と呼んでいいものだが、だからと言って高速走行する車の上で氷の弾丸を射出してきたり、ホテルの最上階の窓を叩き割って炎の拳で殴りかかってくるファントムと比べたらまるで脅威ではない。

それなのに、面倒くさい。

いつどこで何が来るのか分からないので、何かの間違いで自分や知り合いの秘密が漏洩してしまったり、逆に自分の周囲の人間が大事に巻き込まれるかもしれないという恐れと緊張が抜けない。

かつてアイリスが言っていたことが、ようやく虎木の胸にすとんと落ちてきた。

「同じトラブルでも、いざというとき周囲に遠慮せずに解決できる分、相手がファントムの方がマシってこういうことか」

悩みの次元は違えど、人間社会でファントムが生きることの面倒臭さを改めて自覚する。

現代のファントムは皆、人間世界の陰に生き、己の存在を人間社会の公には認めさせないように生きねばならないと言う不文律の下生きている。

それは敵対勢力同士の武力抗争すら例外ではない。

網村（あみむら）のルームウェルも、梁戸幇（リアンシーバン）も、烏丸（からすま）の一党も、人間に対して自分達の正体を徒（いたずら）に明かすようなことは決してしなかった。

してしまえば、その先に待ち受けているのはどう楽観的に考えても自分も避けては通れぬ茨（いばら）の道になるから。

自分達が依存している現代人間社会が決定的に変容し、結果自分達の安寧も消失するから。

「でも、この程度のことで烏丸（からすま）さんの革命を肯定はできねえしな」

京都の比企（ひき）本家で烏丸（からすま）は、常に人間社会の陰で生きなければならない多くのファントム達の命を守るため、ファントムの存在を人間社会に認めさせるのだと息巻いていた。

ただ存在を示威したところで現実は変わらないとは思うが、逆に言うと、今まで烏丸（からすま）のようなファントムが現れなかったのは不思議でもあった。

昔話や伝承の中では人々が当たり前のように怪異、物の怪（もののけ）、妖怪としてのファントムを認識していたが、現代ではどういうわけか古来より存在した多くの日本ファントムの存在は否定されている。

歴史上、人間の国を乗っ取ろうとしたファントムがいてもおかしくないはずだ。

世界は日本とイングランドと中国だけではない、子供でも知っている国から大人でも聞いたことの無いような国まで、世界には大小様々な国があって、それぞれに歴史がある。

あらゆる時代、あらゆる国に、闇十字騎士団や比企家のような治安維持組織がいてファントムを制圧できていたと考える方が不自然だ。

「なんでなんだろうな……」

吸血鬼といえど、深夜に一人で難しいことを考えてもロクなことにならない。

虎木は寒河江の来訪で搬入商品の棚出し作業が中断されていたことを思い出し、小さな溜め息を吐きながら作業に戻った。結局その日は理沙からの連絡も無ければ鉈志が現れることもなく、普通に交代のスタッフが現れてシフトが終わった。

早朝シフトのおばちゃんに寒河江の話を引き継ぐべきかと一瞬悩んだが、どこで隠れていたのか寒河江が自らやってきて、話をかいつまんで伝えてくれた。

「そう、何か大変ねぇ。村岡さんも心配してたのよ。でも女の子助けたんでしょう？　虎木君は間違ったことしてないから。きちんとお巡りさんの言うこと聞いて、気を付けてね」

虎木と同時期にアルバイトに入った近所の田中さんは、大袈裟なほど心配してくれた。

だからこそ余計に自分の周囲の人間に迷惑をかけられないという気持ちが強くなる。

寒河江はパトカーで送ると言ってくれたが、フロントマートの警備を優先してくれと断り、虎木は夜明け前の雑司が谷の街を、虎木は一応周囲に気を配りながら早足に歩き出した。

つい先日、ザーカリーと共に歩き闇十字とオールポートに襲われたのと同じ街。

本質的な絶望感はオールポートと対峙した時の方が圧倒的に上のはずなのに、今、銑志がどこかで自分の周囲の人間に危害を加えるかもしれないという恐怖の方が圧倒的に上に立つ。

「あ」

マンションに向かう小道にパトカーが停まっており、果たしてそれが偶然なのか、虎木を護衛してのことなのか、判然としない。

共用廊下から一〇三号室の気配を窺うが、アイリスの気配は無い。

帰っていないのか、眠っているのか分からないが、あれから新たにメッセージも連絡もないところを見ると、恐らくは闇十字の仕事にかかりきりなのだろう。

寝る前に理沙のことだけポストしてから眠ろうとした虎木はドアノブに手をかけて、一気に緊張を高めた。

鍵が開いている。

アイリスではない。アイリスなら、勝手に入ったとしても鍵をかけているし、そもそも外から見た自室に灯りが点いていなかった。

今は血を飲んでいる状況でもないので、状況を確認して危険と判断したら即座に逃げよう。

そう考えてそろそろと玄関のドアを開けた虎木は、

「お、ようやく帰ってきやがった」

「お待ちしていましたよ、虎木さん」

聞き覚えはあるが、だがこんな時間に二人で虎木の部屋にいるはずのない人物の声。

安堵の息を吐いたものの、電気を点けて二人の姿を捉え、別の意味で警戒を強くした。

「何の用だよ。何で電気点けてねぇんだよ。無駄に緊張しただろうが。鍵かかってなかったぞ。あと……どういう取り合わせだよ」

虎木の部屋の中で待ち構えていたのは、吸血鬼の男と修道騎士の少年だった。

「俺は比企のお嬢の使いだ」

「僕はシスター・イェレイの使いです」

吸血鬼、網村勝世と修道騎士、百万石優璃。

決して虎木の仲間でも友人でもないが、先だってのザーカリーの騒動の中で協力関係を取った二人だ。

「未晴とアイリスの使いだ？　何なんだよ仰々しいな。直接携帯に電話なりメッセージなり寄越せばいいだろうが」

「そういうわけにいかないお使いだから僕らが来てるんです。それくらい分かるでしょう」

百万石優璃は、日本闇十字騎士団の公安のような存在らしく、知り合ったときはアイリスが研修を見ている従騎士だったが、その正体は日本闇十字発祥の地、金沢駐屯地の正騎士だった。

言ってしまえば組織内スパイのような立場だったようだが、いずれの立場であってもアイリスに片思いをしているということだけは一貫しており、そのせいでアイリスのパートナー・ファントムでありアイリスが想いを寄せている虎木に対しては基本当たりが強い。

「電気点けてねぇのはこのマンションをサツが見張ってるからだよ。そもそも本当ならお前の勤め先に行った方が話が早かったのに、そっちにもサツが張ってやがる。何したんだよ」

網村勝世は虎木が正式にアイリスの聖務に随伴し立ち向かった吸血鬼で、現在は未晴の下で小間使いのようなことをやらされている。

「俺は何もしてねぇよ。ただ警察がポカしたせいで、ある事件の犯人に狙われるかもしれねぇって言うから、俺の周辺を警備してもらってる状態だ」

「はぁ⁉　何だそりゃ」

「こっちが聞きてぇよ。それよりそっちこそ何なんだ。別々の用なのか」

網村と優璃は顔を見合わせると、優璃が促されて口を開いた。

「結果的には同じ用ですね。ただ、網村さんが比企家全体の用事で来ているのに対して、僕はシスター・イエレイ個人の用で来ました。この後ザーカリー・ヒルの所にも行く予定です」

虎木はコートを脱ぎながら、怪訝な顔をする。

「ザックまで巻き込むとなると、愉快な用事じゃなさそうだな」

「ああそうだな。俺とあんたにとっちゃ、この上なく不愉快な話だ」

「ただ、これまでと同じく大人しくしていていただければ、虎木さんへの疑いは既に解けていますから、闇十字が虎木さんに干渉することはありません。ただ……身辺に気を付けてもらう必要はありますが」

　相も変わらずそちらからこちらの生活を騒がせているくせに上からくる闇十字構文には辟易するが、それでも優璃の『疑いは既に解けている』という言い草が気になった。

「もったいぶらずに早く言えよ。夜明けが迫ってる。網村をうちに泊めるつもりはねぇぞ」

　虎木が促すと、優璃は少し深呼吸してから言った。

「虎木さん。あなたは、室井愛花が何故日中に活動できるか、ご存知ですか」

「……知るか。こっちが聞きてえよ」

　どこまでも虎木の人生の隅々に、まるでカビのようにしつこい根を張るその名に、幾度苦しめられればいいのだろうか。

「愛花がそういう種族ってことじゃねぇのか。本人もそんなようなこと言ってたし、ザックからもそんな技は聞いたことが無い。簡単に吸血鬼のまま日中活動できる方法があるんなら、教えてもらいたいくらいだ」

「教えたらあなたがそうなるかもしれないからと、シスター中浦から口止めされていました」

　虎木の、吸血鬼の冷たい心臓が跳ねる。

「アイリスは知ってたのか」

「いいえ。恐らくご存知なかったでしょう。シスター中浦から話を聞いて真剣に驚いていましたから。その上で、シスター・イェレイは、虎木さんの身の安全のために知らせてくれと僕に言いました。だからお教えします。ですが」

「待て、待てよおい。なんだよ」

虎木は優璃に詰め寄り、優璃は虎木の行動に面食らう。

「何だよ。それって知ったら簡単に試せるような方法なのかよ」

「お、落ち着いてください虎木さん！」

「日中活動ができれば……和楽を少しは安心させてやれる……活動範囲も広がる。金だって稼げる。本当に人間に戻れる日が近づく、なぁ、本当に……」

「落ち着け!!」

優璃の腕を掴み詰め寄る虎木の腕を押さえたのは網村だった。

「網村……」

「闇十字の騎士長がお前の耳に入れたくないって言ってる時点で気付け。その方法がロクでもねぇってことによ！」

網村の整っているが軽薄な印象の顔が、真剣な嫌悪に歪んでいる。

虎木はいつの間にか優璃を壁際に追い詰めていたことに気付き、顔を伏せる。

「わ、悪い……」

「いえ……僕も不用意な発言でした」

虎木の鬼気が霧散し、優璃も虎木に摑まれた袖を払いながら大きく息を吐いた。

「ですが、今日の僕と網村さんの用件は、その日中に活動する吸血鬼、デイウォーカーについてです」

「デイウォーカー……」

「ここ数日、都内の吸血鬼が五名、相次いで殺されています。その全員が、心臓を抉り取られた姿で発見されています」

「何だって？」

わずかに東の空の夜が薄くなりはじめた。

夜空は虎木の人生に朝日を差し込むことを拒むかのように、光を遠ざける。

「吸血鬼がデイウォーカーになる方法は一つだけ。同じ吸血鬼の心臓を食えばいいんです」

※

多くの知性ある生き物にとって、同族喰らいは禁忌だ。

それは吸血鬼も例外ではなく、人間の血への渇望の代用としてすっぽんの血が有効なのに、同じ吸血鬼の血を代用しようという気は起こらない。

現実に代用できないかどうかは不明だが、同族喰（ぐ）らいの話を網村（あみむら）が嫌悪（けんお）しているあたり、どれほど追い詰められたとしても吸血鬼の生理としてあり得ないと考えていいだろう。

一方で吸血鬼同士の領土争いや戦闘は歴史上幾度となく起こっているし、虎木（とらき）自身何度も吸血鬼と事を構えたことがある。

人間の戦乱の歴史の中では、現代の倫理観に当てはめれば是非を論ずることすら憚（はばか）られる残虐非道が当たり前のように行われていた。

宗教的な生贄（いけにえ）の儀式、征服者による敗残兵や被征服民の虐殺、あるいは飢饉（ききん）などの中に、食人をした事実は確かに存在する。

同じように吸血鬼の歴史の中でもそういったことは当然あったはずで、その中には同族の心臓を食った者もいるだろう。

というか、吸血鬼の性質として、いない方がおかしいのだが、では何故（なぜ）デイウォーカーがここまで生粋（きっすい）の吸血鬼である網村（あみむら）に忌避されているのだろうか。

同族の心臓を食う、というその内容そのものは確かに衝撃ではあったが、虎木（とらき）の頭の中には二つの疑問が湧いた。

「そ、そんなことでいいのか？」

自分ができるできないとか倫理観の問題を別にすれば、闇に生きる魔物としては思いがけず簡単な方法だという印象が拭えない。

むしろ、現代の倫理観が醸成される以前の古代、中世の倫理観で言えば、もっと沢山のデイウォーカーが現れ、人間を圧倒していてもおかしくないはずだ。

生粋の吸血鬼は血を吸わずとも人間をはるかに凌駕する膂力と生命力、そして超常的な能力を有しており、日中活動できる吸血鬼の数が人間の1％もいれば人間など対抗すべくもなかったはずだ。

「あと……吸血鬼ってそんなことで死ぬのか？」

もう一つの疑問は、心臓を誰かに食われたからといって、吸血鬼が死ぬのか、というもの。

人間相手ならあまりに残虐な殺害方法だが、吸血鬼相手となると、そんなことで完全に吸血鬼の『命を絶つ』ことができるのか甚だ疑問だ。

何せ灰になって畑に撒かれてもその畑の土を遠心分離器にかけて灰だけ集めれば半年経っても復活できるのが吸血鬼だ。

慣用句として虎木も多くの吸血鬼も、日光に当たって灰になることを『死ぬ』と表現することは多い。

だが吸血鬼にとって『死ぬ』とは単に『行動不能になる』という状況のことを指すことが多く、したがって優璃の言う『殺された』という表現が果たして『単に行動不能になった』のか『一般的な意味で殺害された』のか判然としない。

虎木の感覚で言えば、心臓を抉り取られれば活動不能にはなるが、時間さえかければ回復できる程度のこととしか思えなかった。

「そんなことって、なんだ、テメェはできるとでも言うのか」

網村が低い声で凄んでくる。

「いや、悪い。そりゃ無理だよ、どんなに追い詰められたってそんなことできるわけない。ただ、そういうことしてる吸血鬼って歴史上いっぱいいそうだったから、ついな」

虎木は包み隠さず疑問を呈すると、網村は再び忌々しそうに舌打ちし、一方で優璃はホッと胸を撫で下ろす。

「そんなことを言うってことは、虎木さんは本当にデイウォーカーになる方法を知らなかったんですね。シスター中浦は、虎木さんは『昨夜の時点ではデイウォーカーではなかったことは確定していた』と伺ってました」

「昨日の時点って、もしかして」

中浦が昨日その結論に至る理由など、一つしかない。

「昨日の健康診断ってまさか、それを調べるためだったのか？」

「はい。デイウォーカーの被害は二週間ほど前から確認されていましたので、捕捉されている吸血鬼は、全員検査する必要があったんです」

「だったら普通に言えよ！　普通に話してくれりゃ俺だって話分からないつもりじゃねぇのに、

なんでいつも俺の神経逆撫でするやり方になるんだ！」

虎木の抗議に、優璃はしれっと言ってのけた。

「『今は違うけど、それ以前は分からないから抜き打ちでやった方が』と」

「あのババアの俺に対する底なしの悪意は何なんだよ」

溜まりにたまった中浦へのうっぷんが、最大限の暴言へと変わる。

「ババアって言わないでくださいよ。シスター中浦は謹厳実直な騎士で、吸血鬼に対して当たりが強いだけなんです」

憤懣やるかたない話ではあるが、優璃に文句を言っても中浦の態度が変わるとは思えないので、先に疑問を片付ける。

「てことは、デイウォーカーってのは日の光の下を歩けること以外に、検査すれば分かる身体的特徴があるんだな」

「ええ、食った同族の心臓が体に宿るんです」

「は？」

「食った心臓をそのまま自分のものにできるんだよ。心臓を同族に食われた奴が死ぬのは、そのせいだって言われてる」

網村が解説を補足する。

「じゃ、じゃあ愛花の奴が日中動き回れるのは……！」

「はい。室井愛花の心臓が二つ以上あるのは、ご存知ですね？」

横浜港のメアリ一世号でアイリスがデウスクリスの弾丸を心臓に撃ち込んでも愛花は死ななかった。

その後、梁雪神に誘拐されたアイリスは、『撃ち抜かれた心臓が再生しない』と愛花本人から胸の傷を見せられたと言っていた。

だがそこまで考えて、虎木は眉を顰めた。

「……ちょっと待て、二つ『以上』、ってどういうことだ」

同族の心臓を食い、その心臓を取り込むとデイウォーカーになれる。どういう生理学的医学的エビデンスに基づいた機序かは分からないが、事実として観測されている以上それは認めよう。

だが、それなら何故『二つ以上』と『いくつもの心臓を食う』余地が生まれるのか。

「それが虎木さんの最初の疑問に繋がります。『そんなに簡単なのに、歴史上デイウォーカーの数が少ない』理由です」

優璃は、右手の人差し指を立てて言った。

「吸血鬼がデイウォーカーになれるのは、心臓一つにつき一日だけ。その一日で食った心臓は消失します。これは古妖クラスでも例外は無いと考えられています」

第三章 吸血鬼は筋トレをしない

優璃にデイウォーカーの事を聞いた翌日の夕刻、虎木はザーカリー・ヒルとともに豊島区の公民館の体育室にいた。

つい先日、アイリスが自分は豊島区民だから闇十字の訓練に豊島区の公民館を使っているという話を聞いたばかりだが、まさか吸血鬼の訓練で使うことになるとは思わなかった。

しかも、その訓練というのが酷い。

虎木の持つ技の中で、黒い霧になる技と霧になった後の色々な派生行動、敵を気絶させる瞳術や血液を操る術なども、全てザーカリーから基礎を教わった技だ。

オールポート相手に見様見真似で分身を出現させた技や小此木嘉治郎の爪から血の筋を鞭のように発射する技のように、自力で発展させたものもある。

逆に言うと、吸血鬼になってから六十年以上、ザーカリーが行方不明になってから二十年以上、それ以上の発展が出来なかったということでもある。

それだけに、三十人近い闇十字修道騎士を手玉に取ったザーカリーから新しい力がもたらされることを、虎木は秘かに期待していた。

だが、

「前回よりも少し安定して長い音を出せるようになったが、まだまだ美しいとは到底言えない音色だ」

「………そりゃどうも」

虎木(とらき)はパイプ椅子に座り、ザーカリーのおさがりのサックスに真新しいマウスピースを取り付けて、同じ曲の同じコードをかれこれ二時間も吹き続けているのだ。

「よし、アナ。少しテンポをゆっくりにして、もう一回だ」

「ＯＫ」

ザーカリーのジャズバンドグループの紅一点、アナ・シレーヌの手にかかれば、虎木(とらき)の耳ですら公民館の古びたアップライトピアノが往年の名器に変貌したことがはっきりと分かる。

「じゃあこのペースでいこうかしら。3(スリー)、2(ツー)、1(ワン)……！」

この二時間、耳に馴染(なじ)んだフレーズが先ほどより圧倒的にゆったりしたテンポで流れ始め、虎木(とらき)はザーカリーの指示で、所定の場所から音を吹き始める。

虎木(とらき)が奏(かな)でるのはたった8音。楽譜にして2小節。

それをアナの伴奏に乗せて可能な限り美しい音を保ちながら、2小節分吹き切るのが、ザーカリーから出された課題だった。

曲名は『三つのヴァイオリンと通奏低音のためのカノンとジーグ　ニ長調』。

通称『パッヘルベルのカノン』と呼ばれる曲だった。

「…………っ」

「ユラ。D音が乱れてる。一番上と一番下だ。丁寧に息を使え」

この訓練は今日始まったことではないが、今日はラストまで吹き切れたのは一度だけ。ほとんどは曲が半分も行かない内に息が続かず音が乱れて止められてしまう。

一つ前の演奏よりもテンポが遅く、一音に必要な息が多くなかなか2小節分保たない。だが焦って大きく息を吸うと、前半の音が乱れる。

「今日はこんなところかな」

最後まで吹き切った虎木は、額に冷や汗を浮かべ、指も掌も手汗でべたついていた。

この訓練を申し付けられたときには、またザーカリーの「吸血鬼として生きるなら趣味を持て」の説教が始まるのかと思った。

だがいざとりかかってみると、単純にプロの音楽家二人を相手に緊張し、上手く音が出ず、出ないからアナのリズムに合わない焦りが冷静さとスタミナを奪い、安定した呼吸を奪ってゆく。

結果、二時間サックスを吹き続けただけで、全身疲労困憊してしまったのだった。

これでは新しい技や術を会得するどころの騒ぎではない。

「な、なぁ……実際この演奏ってどういう風に役に立つんだ？」

「お前の趣味育成だ。娘の恋人が音楽を分からん男じゃ、死んだ後にあの世でユーニスとジョージに合わせる顔がない」

「あ⁉」

ザーカリーの口からトンデモ発言が飛び出し、危うくサックスを取り落としそうになった。

否定しようとしたが、

「あら、やっぱり二人はそういうことだったの？　ブルーブックで会ったときからそうじゃないかとは思ってたけど」

「いや、違います、そういうことじゃ……」

からかっているのか挑発しているのかピアニストの手癖なのか、手元でアルペジオを奏でながらアナが言う。

ザーカリー相手ならともかく、知り合って間がなく、かつどういう意図かは分からないが善意で虎木の訓練に協力してくれているアナにはあまり強く出ることができない。

虎木のそんな心理を知ってか知らずか、ザーカリーが止まらない。

「なにがそういうことじゃ、だ。俺は絶対許さんぞ」

「うるせえな！　許すも許さないも何も……！」

「ライブハウスで起こったことは、俺は全て把握している。俺の得意技が何か忘れたか」

「えっ」

ザーカリーが言うライブハウスとは、当然ブルーブックでのキスのことだ。

「み、見てたのか⁉」

「見ていなかったと思うのか」

ザーカリーは当たり前のことのように言った。

「俺は闇十字やオールポートの言うことを鵜呑みにするほど楽天家じゃない。闇十字がファントムと交わした約束など、子供が親に言われる前に宿題をやったという話より信用ならん。ライブの最初からお前達がブルーブックから出るその瞬間まで、俺は隅々に分身を配置しておいた。いつ奴らが攻めて来てもいいようにな。一番あり得るのは、アカリ・ムラオカ達が帰った後、お前とアイリスと俺達だけになる瞬間だと思っていた」

そう言われるとぐうの音も出ない。

虎木の目からはアイリスの過去の真実がオールポートを撤退させたようにも見えたが、その後に未晴が、中浦が率いる部隊がブルーブックを包囲していたと言っていた。

中浦の戦闘能力は未知数だが、つい先日も暴れるアイリスと未晴を素手で制したところから見て、年寄りだと侮ることは決してできない。

オールポートが撤退判断をしても、その部下が納得せずに暴走すると言う可能性は、無視するべきではなかった。

そしてザーカリーだけが持っていた警戒心が、あのキスが目撃させてしまったわけだ。

「アイリスもこんな男の何がいいのか。ユラのような無趣味で甲斐性の無い男はアイリスの相手に相応しくない」

「一応お前の育てた吸血鬼だぞ……」

虎木と会うのは二十年ぶり、アイリスとは十年ぶりのくせに、師匠面、父親面が板につきすぎている。

「だがアイリスが選んだ男だ。きっと何かがあると信じるのもユーニスとジョージに後を託された俺の使命だ。だからこうしてお前の男を磨いてやってるんだ。アイリスと共に歩きたいなら、俺のやることにいちいち疑問を持つんじゃない」

「いや……まだ俺はアイリスの告白を受けるとは……」

「あ!?」

だが、全人類の予想通り、アイリスの告白をまだ受ける気が無いと告げた虎木に、ザーカリーは般若の顔となった。

「何だぁユラ……アイリスの何が不満だ……？」

「ザックが面倒な父親面してるところだな」

「ああ……？」

「もう誰に何度言ったか覚えてないけど、俺は人間に戻ってまともな社会的立場を手に入れるまで特定のパートナーを持つつもりはないんだよ！　だからこそあんたに頭下げて修行頼んでんだろう！　だから自分がやってることが何に効くことなのか知っておきたいんだよ！」

「ユラ、日本人のそういうシリアスな感性は清らかだとは思うけど、あなたに恋してる女の子と二人で問題に立ち向かう熱い泥臭さも時には必要だと思うわ」

「アナさん、これ以上ザックを面倒臭くしないでください」

詩澪のようにからかうわけでもなく、灯里のように何かと詮索してくるわけでもなく、シンプルに恋愛観の違いから助言をくれる大人の女性にはもう沈黙するしかない。

「ユラ。何百年生きても男親なんてのは自分が若い頃を棚に上げてこんなこと言うものよ。だからこそ、あなたは恋人のパパに認めてもらうよりも、まず恋人を喜ばせることのできる男になりなさい。そうすれば、きっとリル・アイリスはあなたの側でパパと戦ってくれるわ」

「俺はこの曲吹くことにどんな効果があるかって聞きたいだけなんですけど⁉」

急に降って湧いた吸血鬼の父性と、正体も国籍もいまいち不明なのにおせっかいをかけてくる恋愛の達人ムーブに、虎木は心底辟易する。

虎木が強引に話を戻そうとすると、ザーカリーは心底面白くなさそうに鼻を鳴らした。

「ユラ。お前、吸血鬼になってから筋力トレーニングをしたことはあるか」

「筋トレ？　まぁ、したことないわけじゃないが……」

「実際それで何か変わったか？」

「変わったかって、いやまぁ、どうだろうな。やった分は変わってるとは思うが」

「人間なら筋力トレーニングをすると、筋繊維の破断と修復によって筋力が増強する。これくらいは知っているな?」

「ああ」

「じゃあ俺達吸血鬼はどうだ。筋繊維が破断してそれが修復される、という理屈がそもそも適用されていると思うか」

つい先日何十年ぶりかの健康診断を済ませ、昨日、同族の心臓を摂取したらその心臓が自分のものになるという事実を知ったばかりである。

「日光に当たると灰になってそのあと元に戻る俺達にそんなこと起こるかって言われると、確かにちょっと不安はあるな」

「研究した奴がいるって話は聞いたことないが、昔ユーニスに聞いたところによると、あるらしいぞ」

「あるのかよ」

今の話の流れからそんなことはない、と言われるのかと思った。

「ただ、その効果は人間と比べるべくもないそうだ。ユーニスの言葉を借りれば、吸血鬼はどれだけ頑張っても、ボディビルダーのような外見にはなれないらしい」

「へぇ」

吸血鬼とボディビルダー。吸血鬼と聖職者以上にかけ離れた言葉に思える。

「でもじゃあ実際吸血鬼が肉体を鍛えようってなったらどうなるんだよ」

「それがお前が今やってることだ」

ザーカリーはサックスを指さした。

「吸血鬼の力は結局、どこまで行っても『血の力』だ。血を大量に飲んでる奴、血を鍛えてる奴がどうしたって強くなる。で、飲んでるかどうかで言えばお前は世界最弱レベルだ」

「う……」

血の力が吸血鬼の、と言われてしまうとぐうの音も出ない。

虎木自身も認める通り、吸血鬼の中でも異端中の異端である、血を飲まなくても平気な吸血鬼なのだ。

そうでなくてはこの歳まで当たり前のように人間社会の一応光の当たるエリアに踏み込んで生きていくことはできなかっただろう。

だがそれはそれとして、恐らく世界で最も多く人間の血を飲んでいる吸血鬼の一人であろう室井愛花を相手に、最弱の吸血鬼が挑まなければならないのだ。

「でも待てよ。俺、前にアイリスと一緒に、人間の血を普通に飲んでそうな吸血鬼を倒したことあるぞ」

「あらあら、初めての共同作業はもう済んでたのね」

恋愛強者ピアニストの話は無視して虎木は続ける。

「あいつ、全然大したことなかった。その後会った網村んとこの吸血鬼にも、俺の術はちゃんと効いた。一体どういうことだ？」

「そこは、元々俺が鍛えたお前の血の力がちゃんと強くなってたってことだ。感謝しろ。血を飲まなくたって吸血鬼はある程度強くなれる。だが、今のお前はある程度じゃどうにもならんわけだ。しかもぐずぐずしていたせいで、時間は残されていないときてる」

「……」

一番付き合いが長いだけあって、ザーカリーは虎木が和楽のことをどう思っているかをアイリスや未晴よりもよく分かっている。

「そこで、そのサックスとマウスピースだ。そのサックスは管体が総銀製でな」

「カンタイ？」

「管の本体だ」

そう言われても、キーやその周辺は一般的なサックスのイメージと同じく金色だし、本体と思しき部分は金属光沢こそ残っているがかなり黒い。

「まぁ大分古くなっちまったから分かりにくいかもしれんが、総銀製の管楽器は黒ずむほど音の反応が良くなるんだ」

「同じ総銀製でも、黒ずんだ方がいいかどうかは人や楽器やジャンルによるわ。あまりザックの言うことを信用しすぎないでね？」

「俺のサックスはそうなんだ！」

横からアナが注釈を入れ、ザーカリーはそれに反発する。

「古くなったとはいえ、ニッケルシルバーだのシルバーメッキだのと一緒にするな。総純銀なんだ。買ったのはジャズを始めた頃だが、五千£以上したんだぞ」

「日本円で大体八十万円くらいね」

「マジか」

アナからざっくりしたレートを聞いて、虎木は目を見開く。

プロ向けの楽器が高級品であることは分かっていたが、ヴァプンアーットホテルのグランドピアノに指紋を付けたときの冷や汗を思い出し、虎木はつい姿勢を正した。

「それでな」

「実はその銀、聖別された銀だ」

ザーカリーはにやりと笑う。

「は⁉」

「マウスピースにも同じ素材を使ってる。流石にマウスピースまで銀ってのはレアだぞ」

「お、おいおいおい！」

虎木は思わず手を離しそうになるが、八十万円という値段が頭をよぎり、全身がロックされてしまう。

吸血鬼にとって聖別された銀は触れているだけで体を蝕む猛毒だ。

アイリスの部屋のドアは一体何をどうしたのかドアノブが純銀製に換えられていて、部屋に放り込まれた後に外に出られず難儀したことがあった。

今の今までそんなものを後生大事に抱えて、何なら口をつけて吹いていたことに血の気が引く。

「なんだってそんなもの！」

「さっき筋繊維の話をしたばかりだろ。つまりそういうことだ」

「どこがつまってんだよ」

「回復可能な程度の損傷から回復すると前より強くなる、という理屈だ」

「いや、いやあ……」

吸血鬼は、聖別されていなくても銀を忌避する。

十字架と同じで、たとえ聖別されていなくてもなんとなく見るのも嫌、気持ち悪い、という類(たぐい)に属するのだ。

それを今の今まで抱えて奏(かな)で口にくわえていたとは信じがたい。

「ま、まさか俺がこのサックスをたった8音でもまともに吹けないのは……」

「お前が下手だからだ、と言いたいところだが、そういうことだ。吹くのも奏(かな)でるのも普通のサックスを奏(かな)でるよりも何十倍もしんどいはずだ。それをなんとか形にできているのは、お前の血の力が強い証(あかし)だな。肺活量と言い換えてもいいが」

「肺活量……」

吸血鬼の人生で肺活量を意識することなど一年に一度あっただろうか。

「血の力は当然、血に酸素を送り込む肺や全身に血を巡らせる心臓の力も大きく関係する」

心臓、と言う単語に、虎木の心臓がどきりと跳ねた。

「時間の無い今のお前に必要なのは、とにかく血の力に伴うスタミナの増強と戦闘勘を研ぎ澄ますことだ。技だの術だのは、今のお前が新しく何か手に入れられるものは無い。良くても今持っているものの発展形だ」

「それを、このサックスとアナさんとの戦闘訓練で鍛えろ、と」

「世界的ジャズプレイヤーが二人コーチについてやってるんだ。アイカと事を構えるまでに俺のライブにゲスト出演できるくらいになってみろ」

どこまで冗談なのか測りかねるが、つまり現時点の虎木が愛花を倒すのは、プロ中のプロのザーカリーとアナのライブステージに立つくらい無謀なことだと言いたいのだろう。

「……で、だ」

「ん？」

「お前、アイリスのピアノを聴こうとしたらしいな。ん？」

「え……は？」

「アイリスから聞いた。ピンキースウェアの誓いも立てたと？」

「は⁉」

　確かにザーカリーとの再会がきっかけで、アイリスに音楽の話題を振ったことがあったが、そんなにザーカリー（パパ）が鬼気迫る空気を作るような話題なのだろうか。

「ピンキースウェア……まぁ。ユラ、あなたそんなことしたの？」

「え？　え？　え？　あの指切りって、そんなに重いのか⁉」

「んー、子供じみた行為ではあるけれど、子供なりに生涯の親友とか、生死を共にする仲間とか、かけがえのない大切な人としかやらないことではあるわね」

「十九の娘にそこまでさせておいて、告白を受けないと俺に言い切るとはいい度胸だ。ユラ。ここから六時間ぶっ通しで分身増やす訓練だ。一分たりとも休みはやらん」

「あらあら」

　ザーカリーの扁平（へんぺい）な声に、アナが楽しそうに微笑（ほほえ）む。

「いやいやいやいやここ借りられるのあと一時間無いぞ！」

「うるさい黙れ。俺の前でアイリスに色目を使った罰だ。殺されんだけありがたいと思え」

「俺のせいか⁉」

「お前が雑魚（ざこ）なせいだ」

「雑魚（ざこ）ってお前！」

「諦めなさいユラ。いずれあなたに娘が出来たら、あなたもこんなパパになるのよ」

「それとこれと今関係あるか⁉」

瞳を深紅に染めたザーカリーと、楽しそうにハイテンポなウェディングマーチを奏でるアナに挟まれ、虎木は天井を仰ぐ。

「クソ……全部……俺が弱いのが悪いんだ……」

※

明らかにいらぬ疲労を抱えながら、虎木はとぼとぼと池袋の街中を帰途についていた。

春の気配はまだ遠く寒風吹き荒ぶ中、虎木は自分の手を近代の詩人の如く眺めた。

頼るべき相手がいる心強さと、自身がこの修行の果てに愛花に至れるのかという不安が、掌の上で渦を巻いて散った。

「帰ってから飯作るのも面倒だし、何か食って帰るか」

今日もアイリスは帰っていなかった。

昨夜は優璃と網村から話を聞いたこと。理沙と樹里の話。そして今日ザーカリーとアナと修行をすることをメッセージで連絡したが、既読こそついたものの返事はない。

「……まさかまた誰かに誘拐されてるなんてことはないよな」

ここまでアイリスと連絡がつかないことも珍しいが、アイリスに何かあればさすがに優璃が黙ってはいまい。

恐らく例のデイウォーカーのことで本当に忙しい状態なのだろう。

ザーカリーとアナにデイウォーカー吸血鬼のことを尋ねたところ、アナはデイウォーカーの存在そのものを知らなかった。

そしてザーカリーは網村と同じように強い嫌悪感を示した上で、

「心臓取られんのが怖けりゃ胸に漫画雑誌でも仕込んどけ」

と投げやりな対策を伝授してくれた。

ザーカリーは元人間の吸血鬼だが、長く生きているとやはりデイウォーカーに対し強く嫌悪感を抱くのだろう。

そうなると、虎木がデイウォーカーの生まれる理屈を知って尚、ザーカリーや網村ほど生理的な嫌悪感を示さないのは何故なのだろうか。

自分でも不思議だが、血への渇望が極端に薄いことが何か関係しているのではとも思う。

「俺は……」

デイウォーカー。

その言葉を聞いたとき、むしろ逆にどうしようもなく惹かれてしまった自分がいることを認めざるを得なかった。

吸血鬼になってから虎木は幸運にして一度として人間も吸血鬼も殺したことはない。

その必要に迫られなかったとも言っていい。

だからこそ不安になる。

このまま修行を続け、アイリスや未晴の力を借り、いざ愛花を倒せる段になって。

殺せるだろうか。

自分は。己の人生と実の父の仇である室井愛花を。

仇と憎んできたからこそいざというときに迷いなく殺せると思うのは、己の手の上に他者の生殺与奪の権を握ったことがない者だけだ。

虫も殺せぬほど、という言葉があるが、闇の生き物になってなお、人であろうとし続け、弟とその家族のおかげで、社会的には人間であり続けてしまった。

人の形をした者と戦うことはできても、殺すことは果たしてできるのだろうか。

できる、と断言できるほど、虎木は若くなかった。

そして、断言できないこと自体、ファントムの世界で生きる者として弱い証でもあった。

アイリスと未晴は勿論のこと、アイリスと知り合って以降出会った者達は皆、必要とあらばファントムを殺すことに全く躊躇いはない者ばかりだった。

「自分の弱さが嫌になるな」

だがこればかりは訓練できることでもないし、考えてよいことでもない。

「どうにもならないことだらけだな俺の人生」

自嘲気味にそう呟いて、虎木は首を横に振る。

どうせ今は愛花と戦うアテもないのに、鬱々と思い悩んでも仕方がない。

「あークソ」

ただ思い悩んでいるだけではない。

一人で思い悩んでいるからこんなことになるのだ。

アイリスがいれば、少しは弱音も吐けるのだろうか。いや、弱音を吐くような流れにすらならないだろう。

「あいつがほんの何日かいないだけでこの有様かよ」

あまりにも現金すぎる話だ。

最初に部屋に押しかけられたときは一分一秒でも早く出て行ってほしかったし、もっと言えば今だって別に隣に住んでいることも、当たり前のように虎木の部屋の合鍵を勝手に作って好き勝手に出入りしていることについても物申したいことはある。

だが、それらの物申したいことを勘定に入れてなお、アイリスは最早虎木の生活の一部にしっかりと根を下ろしてしまっていた。

何よりも和楽以来初めて、『虎木を人間に戻したい』と思い行動してくれたただ一人の人間なのだ。

愛花はアイリスにとっても仇だ。

だがそれを越えて彼女は、自分の憎悪を晴らすためではなく、虎木の人生に寄り添うため、愛花を倒そうとしてくれている。

だからこそ、アイリスに愛花を殺させるようなことがあってはならない。

愛花を倒せるという状況になったら、万難を排して自分が最後の手を下さなければならないのだ。

「……こういうこと、きちんと話しとかないとな。先々、どうなるにしても」

アイリスの告白を受けるにしても受けないにしても、愛花との決着がアイリスとの関係とその未来に大きな影響を与えることだけは間違いない。

だからこそ、決着の在り方については時間の余裕がある内に話しておく必要があった。

とはいえ、今ザーカリーの件であれだけもめた闇十字と比企家が自主的に協力してまで都内のデイウォーカー事件を追っている状況で、アイリスの忙しさにプライベートな事情で介入するのは忍びない。

むしろ東京駐屯地の騎士ではない優璃を連絡役として寄越してくれたのは、アイリスの最大限の配慮なのだろう。

「せめて理沙ちゃんのことだけでも早めに話せりゃいいんだけどな」

正直、銃志についてはアイリスの男性恐怖症を計算に入れてもなお、アイリスの身を心配するようなことではなかった。

アイリスが闇十字の任務で活動している以上、鉈志に捕捉されることはまずありえないし、デイウォーカーの任務に当たっている騎士が単独行動しているはずもない。

むしろ、事が長引くのであれば心配なのは理沙の方だ。

三月の時点で十二歳ということは、来月には中学生になるということだ。

村岡の予想では裕福な家庭の子だということだが、もしかしたら学年が変わると家庭環境や通学環境が変わったり、学童に行かなくなって会うのが難しくなる可能性もある。

「うーん……」

虎木はアイリスのメッセージ画面を眺めながら理沙に対してメッセージを送るべきかしばし悩むが、すぐに思い直しポケットにねじ込んだ。

「まぁ、昨日の今日だしな。予定が立たないなんて連絡を送ったところで向こうもどうしろってんだって話だしな」

今できることは、散々な思いをした訓練で減った腹を満たすことだ。

「思いっきり肉を食うか、それともアイリスといるとあんま食わない和食と魚って手も……いや、ザックの言いようはムカついたし、敢えて先々のために一人で上等なすっぽん鍋ってのもありか？」

賑々しいサンシャイン通りに足を踏み入れて、視界の端になんとなくアイリスと未晴がいるであろうサンシャイン60を仰ぎ見ながら、入るべき店を物色しようとすると、ポケットの中でスリムフォンがバイブレーションした。

ようやくアイリスから何か返信があったかと思い取り出し画面を見て、虎木は苦笑する。

電話が着信しており、表示は羽鳥理沙となっていた。

「あー、遂に来たと言うべきか、早速来たと言うべきか」

虎木にしてみればまだ一日しか経っていないが、子供の目線に立てば、もう一日も経っていると感じてしまうのかもしれない。

詩澪はあれから何かコンタクトを取ったのだろうか。

外だし夕食前だが、子供相手に長電話になることもないだろう。

そんなことをつらつらと考えながら、虎木は応答キーを押した。

『良かったな。ここで出なければ、人一人が死ぬところだったぜ』

聞こえてきた声は、決して理沙のものではなかった。

掠れた中年男の声。

聞き覚えのある声ではない。だが、虎木は一瞬で正体を見抜き、道の端に寄った。

「……鉈志さんですか」

『ほう、話が早いな。確認するが、お前の名前は』

犯行現場の狂乱が嘘のように、口調は冷静だ。

嘘をつくのはどう考えても得策ではない。

「虎木由良です」

明らかに異常事態だ。

警察は何をやっているのだ。理沙の電話から鉈志の声が聞こえてくる。

つまりもう、ほとんど手遅れということではないか。

『OK、虎木。警察は何をやってんだろうなぁ。分かるぜお前の気持ち。だがなぁ、得てしてそんなもんだ。俺が本物の殺人犯か誘拐犯ならそりゃあ警備も厳重だったろうさ。だが俺は誰も傷つけちゃいない。そうだろう？　だから警察も甘く見た。傷害未遂、起訴したってロクな点数にゃならねぇ。なぁ？　そうだろ？』

警察は巷間噂されるほど甘い組織でもたるんだ組織でもない。

警察が勤勉に職務を果たしていることなど、日ごろセンセーショナルに報道されたりはしない。

警察を侮る意見が増える原因は、日本全国に何十万といる警察官の中に、偶然警察という身分を得るべきではなかったごくわずかな者達が引き起こしたことが、あたかも組織全体がそうであるかのように報道されることだ。

警察の身内がいる吸血鬼としてそのような警察の風評は看過できないが、今この時に関しては頭の中で寒河江を怒鳴りつけてやりたかった。

だが、今ここで鉈志に説教しても仕方がない。

「一応伺いますが、どうして鉈志さんが、その携帯電話を?」

虎木は怒りと焦りを覚えつつも、慎重に言葉を選んで語り掛ける。

鉈志は何らかの方法で理沙を手元に置いている可能性が高い。

ここで安っぽい刑事ドラマの警官のように、高圧的な口調を使えば、それだけで相手を刺激して理沙に危険が及ぶ可能性がある。

特に虎木は警察官ではないし、鉈志を捕らえた場面でも別に虎木は鉈志相手に何ら優位を得たような振る舞いはしていなかったから、鉈志にとって虎木は、たまたまあの場に居合わせた一般的な成人男性という以上の認識のはずだ。

『色々理由はあるなぁ。まず俺はサツのせいで自分の携帯電話も持ってなかった。そして羽鳥理沙は俺のそばにいる。これだけで十分だろう?』

「分かりました。それで、俺を電話の相手に選んだ理由は何ですか」

『お前に用があるから決まってんだろがっ!!』

鉈志が突然激昂し、虎木は少しスリムフォンを耳から遠ざけた。

「あまり大きな声を出さないでください。俺は今外を歩いてて、俺のスリムフォンは安物なんです。俺が注目を浴びたらよくないでしょう」

『……………ああ、そうだな。外にいんのは分かってる。俺にはお前が見えている』

「えっ!?」

これにはさすがに本気で驚き、つい周囲を見回してしまった。

『見回しても無駄だ。今お前、靴屋の角に立ってるな』

虎木は思わず振り向くと、意識したわけではないが確かにシューズショップの角に立っていた。鉈志が自分を見ているのは本当らしい。

目に映る範囲に鉈志らしい男の姿は見えなかったが、虎木が知る鉈志は魚眼レンズの監視カメラに映る不鮮明な画像と、理沙を捕まえて錯乱状態だったときの姿のみだ。

もし身だしなみを整えて周囲にいるのだとしたら、今虎木に鉈志を特定する術はない。

『いいか。今から俺が指定する場所に誘導する。お前は誘導に従って歩け。電話は切るな。電話を切ったらガキの命がどうなるか分かるな』

「……分かりました。もし、電波が届かないとかで切れたら……」

『三秒以内にかけなおせ！　五秒経ったらタダじゃおかねぇ‼』

がなり立てる声量に比して、内容は思いのほか冷静だ。どうやら半端なごまかしは通用しなさそうだ。

「分かりました。それじゃあ移動します。どっちに行けば」

『よ、よおーし。いいか、今いる靴屋の左手にパチンコ屋があるな。そっちの方に向かって歩き始めろ。ゆっくり歩け。いいな』

「分かりました」

虎木は指示通りに歩き始める。

『二つ目の角を右に曲がれ』

夕食時の池袋の街は大勢の人で賑わっている。

虎木が歩かされている道はサンシャイン通りのメインストリートからはやや外れているが、それでもゆっくり歩く虎木が向かってくる人を何度も避け、虎木は何度も後ろから追い抜かれるくらいには混雑した道だ。

『その横断歩道はまっすぐだ』

そんな道でも鉈志のナビゲーションは正確に虎木の位置を捕捉している。

虎木は歩きながら油断なく周囲を見回すが、電話をしながら歩いている人間などいくらでもいるし、中にはイヤホンマイクを使用し、一見電話をしているようには見えない人間もいて、とても鉈志の位置を特定できるような状況ではない。

『次の角を左に曲がれ。居酒屋の角だ』

「はい」

大きな赤い提灯の掲げられた居酒屋の前には大学生らしき集団がたむろしていて、大きく道を塞いでいた。

「すいません、ちょっとすいません」

虎木はその集団の中を突き抜けると、小さな居酒屋が軒を連ねる路地になる。

『居酒屋通りを抜けろ』

大学生の集団を抜けた一瞬で少しだけ何かに引っかかったふりをして背後を振り向いたが、やはり鉈志らしい姿はどこにもなかった。

「はぁ……はぁ……どこかの居酒屋に入るんですか」

『余計なことを言うな。黙って歩け』

「そう言われても、こっちが黙って電話が切れたって思われたら嫌だなって……」

『テメェの安物の電話からはテメェの周りの音が聞こえる！　黙って歩け!!』

「わ、分かりましたよ……ふぅ」

喋らずに電話を耳に当て続けるだけでも結構疲れるのだ。

そもそも虎木は何時間も訓練をした後で、夕食も食べていない。その上ここまでの道中で既に疲労は頂点に達し、眩暈と息切れまで起き始めている。

虎木は溜め息を吐くと、素直に居酒屋通りを通り抜ける。

少しずつ少しずつ、虎木は人気の無い方向へと歩かされている。

「……ふぅ」

『何だっ!!』

「違いますって！　緊張して疲れて冷や汗かいてきてるんです！　顔の汗拭いてコートの前開けただけです！　見えてるんでしょう!?」

『ちっ……いいか、今目の前の通りを横断して目の前にあるラーメン屋の脇の小道に入れ』

人通りの多い道にいたときよりも細かく指示が飛び、最初に電話を受けてから優に三十分は歩かされたろうか。

監視されているためにおおっぴらに周囲のランドマークを探すわけにもいかず、自分の位置が分からなくなり始めた頃、

『止まれ。今右手側に雑居ビルがある』

言われた通りに立ち止まると、一階部分のシャッターが最後に下りてから何年経ったかもわからないような、古い六階建ての細い雑居ビルが経っていた。

「この六階建てのですか」

『そこの屋上だ。入り口は開けてある。階段で上ってこい。電話は切るなよ』

「分かってますよ」

虎木は小さな窓の外壁とその屋上を見上げて、険しい顔になる。

さすがに六階建てビルの屋上の気配は窺えず、耳を澄ませても理沙の声は聞こえないし、鉈志の居場所も分からないままだ。

蝶番が錆びて軋む音を立てるドアを引くと、黴臭く埃っぽく、それでいてどこかコンクリートが湿っぽい。

鉈志がどういう理由で虎木をこのビルに引き入れたのかは分からないが、最悪物陰から襲い

掛かってくるということもあり得なくはない。

わずかな物音も聞き逃さないように、一段一段が妙に急な階段を慎重に上がってゆく。

だが人っ子一人、鼠一匹の気配もなく、遂には屋上に出る扉の前まで来てしまった。

「今、屋上の扉の中です」

『外に出ろ』

「ここで何をする気なんですか。本当にこんなところに理沙ちゃんがいるんですか」

『余計なことは言うなって言っただろうが！　殺されてぇか‼』

「……分かりました。今、出ます」

塗装が剝げた防火ドアの外の気配を伺いながら、ゆっくりと押し開ける。

重いドアの隙間から強いビル風が吹き込み、階段部屋の空気をかき混ぜ、虎木は十分に隙間が開いてから体当たりするように素早く外に出た。

いつの時代の物か分からないエアコンの室外機と、錆びて脚部が破断しかけている古い貯水タンクに、用途不明の配管。

決して広くない床面積の屋上をぐるりと見回す。

「理沙ちゃんはどこにいるんですか。それにあなたも……」

その時ひと際強い風が吹きつけ、虎木は思わず顔を逸らし、その瞬間、

「っ‼」

黒い塊が隣のビルの屋上から隕石のように虎木目掛けて落下してきた。

明確な殺気と、その塊に先んじて虎木に襲い掛かってくる聞き覚えのある『液体』の音。

虎木はスリムフォンを取り落としそうになりながら不意の襲撃を回避するが、狭い雑居ビルの屋上のこと、危うく柵に叩きつけられそうになる。

直前まで虎木が立っていた屋上入り口には、黒い殺気の塊が飢えたハイエナのように四肢全てを使って着地していた。

周囲のビルの灯りすら届かない夜の雑居ビルの屋上に、赤い光が二つ、はっきりと虎木に狙いを定めていた。

虎木は油断なく光を睨みながらスリムフォンを耳に当てると、既に電話は切れていた。

「鉈志か」

「……!」

返答は、かざした手から迸る血の筋だった。

虎木も使える吸血鬼の基礎的な術だが、普通の人間が正面から喰らえば簡単に体を貫かれてしまうだろう。

だがさすがに自分も用いる技で簡単にやられるわけにはいかない。虎木は次の手を警戒してやや大きく真横に回避すると、瞳の赤い光が禍々しく笑った弧を描いた。

間違いなく電話越しに聞こえてきた鉈志のものだ。

「よく避けたなぁ……」

「……信じられないか？　俺も、ここに来るまでもしかして、って思うことが何度もあったけど、今こうして自分の見てるものが信じられないよ」

虎木も無意識に不敵な笑みを浮かべる。

それが恐怖によるものなのか、高揚によるものなのか、はたまた憤怒によるものなのかは分からない。

だが今目の前にいる存在が何なのかは、もはや疑いようがなかった。

「あんた、警察署を脱走したんだってな。日没前に」

「それがどうした」

「その目とその血の術。あんたが都内で吸血鬼を殺しまわってるデイウォーカーなんだな？」

「分かっちゃいたが、虎木由良、ファントムの関係者か」

虎木が吸血鬼やデイウォーカーについて言及しても、鉈志に特段の動揺は見られなかった。

「分かっていた？」

「闇十字の修道騎士と、もう一人の女も何かの術士かファントムだな？　あんな奴らとツルんでる男が、ただの人間なはずがない」

なるほど、詩澪の正体は確かに外見からは分からないが、アイリスは闇十字騎士団を知る者であれば、制服姿ですぐに判断できる。

虎木は油断なく身構えつつも落ち着いていた。

銘志がファントムである、ということは街中を誘導されている間に予想できていた。

電話で虎木を見ている、と言われたとき、すぐに違和感に気付くべきだった。

銘志は虎木が黙り込んでも周囲の音が聞こえる、と怒鳴ったが、逆に言えば虎木の側からも銘志の周囲の音が聞こえなければおかしいのだ。

どれだけノイズキャンセリングされても、外の気配、というものは完全には遮断できない。

それなのに、虎木が見える場所にいるはずの銘志の電話からは、雑踏の気配、車のエンジン音、豊島区役所の公共放送、そんなような音の気配がほとんど聞こえなかった。

居酒屋前の大学生の集団を見て、そう言った音が全く聞こえなかったので、もしかしたらそもそも電話に周囲の音が入らない場所にいるのではないかと予想したのだ。

池袋の街中で環境音を入れず、かつ虎木を目視で追跡できる場所となると『上』しかない。

居酒屋前の大学生の群れに突入したのは、人ごみに紛れるような行動をすると、見づらい場所に行こうとすることを咎められるかと考えたのだが、そのような反応は引き出せず、その時点で虎木は銘志が常人では移動できないはずの場所を移動している確信を持った。

「理沙ちゃんはどこにいる」

「関係ねぇだろう」

「どうやって理沙ちゃんの電話を手に入れた」

「今は関係ないって言ってんだろがよおおお！！！」

怒号とともに、鉈志が黒い砲弾となって虎木に突っ込んでくる。

明らかに常人の速度ではないそれを虎木は回避するのが精いっぱいだ。

「ぐっ」

虎木がいた場所の金属柵が鉈志の突撃を受けて激しくひしゃげ、鉈志はまるでヤモリのようにひしゃげた柵に垂直に張り付いて、再び虎木に照準を定める。

「俺にとって大事なのは、テメェが何のファントムなのかってことなんだよおおお！」

鉈志は片手で金属柵の支柱をむしり取る。

「クソ、血ぃ吸ってやがるな！」

超人的な挙動と怪力。

恐らく鉈志は人間の血を吸っている。

投げつけられた柵がコンクリートの屋根に突き刺さり、破片が虎木の顔を襲う。

「鉈志っ！　理沙ちゃんをどうしたっ!!」

最悪の予想が頭をよぎる。

警察を脱走し、理沙の電話を持っていて、鉈志はいつ誰の血を吸った？

「まさか、理沙ちゃんの血を……」

「だとしたら何だ！　お前には関係ねぇだろうがあぁっ！」

鉈志の指先が鋭く尖る。

血を飛ばす技の応用として、血を鋭い爪に変化させて攻撃力を上げる技術だ。

鋭い踏み込み、悪い足場と自身を強化していない虎木。

「今大切なのはお前がっ!!」

虎木は鉈志の突撃を回避できなかった。

「吸血鬼かどうかってことだぁ……!」

鉈志の血爪が虎木の胸を刺し貫いたその瞬間、虎木の姿がおぼろげに揺らぎ、次の瞬間黒い霧となって消えた。

鉈志は消えた虎木には一顧だにせず、自分の背後に回って膝を突いている虎木を喜色満面で振り返った。

「いいなぁ、その技は吸血鬼の技だなぁ!? 何だお前、妙な奴だなぁ? そんなよわっちいのに分身持ちかぁ? 分身術は雑魚には荷が重いだろぉ?」

「へ、へへ……そ、そうかもな……」

浮かぶ冷や汗も、全身を襲う倦怠感も、掛け値なしに本物だ。

ただでさえ雑居ビルに至るまでの道中で、既に虎木の体力は尽きかけていて、こんな状態では体を霧にするだけでも命がけなのに、鉈志の攻撃を回避するために霧の分身術を用いざるを得なかった。

「ぐ……お！」

やはり、こらえきれなかった。

膝立ちの足が崩れて、視界が崩れる。

手で体を支えることすらできず、虎木は無様に冷たいコンクリートに横倒しになってしまった。

「よしよしよしよし。大人しくしてろよぉ……なぁっ！」

「ぐあぁっ!?」

倒れた虎木に止めを刺すかのように、一足飛びで虎木の前に跳躍した鉈志は、そのままの勢いで虎木の腹につま先を叩きこんだ。

内臓がかき乱されるような衝撃に虎木は今度こそ意識を失いかける。

「なんだぁ……分身持ちならもう少し抵抗しろよ……テメェ何なんだ。雑魚なのか、そうじゃねぇのか分からねぇなぁ……っ！」

鉈志は虎木の肩を蹴り上げ、虎木を仰向けに転がす。

「なぁ、知ってるか。俺達吸血鬼が日の光の下を歩く方法をよ。知ってるよなぁ？　デイウォーカーなんて言葉知ってるんだからよぉ……そうだよ。俺はデイウォーカーだ。悪いな。俺は力が必要なんだ。もう一つ心臓が要るンだよ！　生きるためになぁ！」

「ぐ……」

胸倉を掴み上げられ、霞む視界の中で、鉈志の右手の全ての爪が鋭く赤く光っていることに気付く。

「いき……る、ため……？」

「俺は死にたくねぇんだよ……生きていてぇんだよ……でもこのままじゃ殺されちまうんだよ……俺が雑魚だから……雑魚だからよおおお!!」

「う……」

「テメェは生粋か!? 俺は元人間だ!! 二十五年、二十五年もだ！ 二十五年も陽の光を見てねえ！ もう限界なんだ!!」

「……」

元人間の、二十五年。

虎木の半分にも満たない年数だが、一人の人間の精神を破壊するには十分すぎる時間だった。

「お前を……闇十字も……ひ……比企家も探してるぞ……大勢の、吸血鬼を、殺したってな」

「俺の人生を壊した吸血鬼を殺して、何が悪いってんだ」

鉈志は吐き捨てた。

吐き捨てた瞬間に歪んだその顔は、狂気に満ちているようで、どこか悲し気だった。

二十五年前に何があったのか、二十五年間何をして生きてきたのかは分からない。

だが、二十五年前まで人間だった男が、突然の狂気にかられて同族狩りを始めたことには、何か強い理由があるはずだ。

「同情は……するよ。俺も……元人間だ」

「何ぃ……？」

「だが過去の事情がどうあれ、今は俺もあんたも吸血鬼だ。だから」

虎木は力なく笑った。そして次の瞬間、

「私が今あなたを殺しても、文句は無いはずよね」

「ぐっ⁉」

鉈志の足元で鋭い音が響いた。

「な……なあああああ⁉」

鉈志の両足の甲を貫いて、磨かれた白木の長い針が突き立っていた。

「あ、が、こ、これはっ⁉」

動揺する鉈志の背後に、金色の流星が舞い降りる。

足を地面に縫い留められて振り返ることすらできない鉈志が振り回す右腕が、そして鈍い音と共に肘から先が灰になって崩壊する。

「があああああああああああ‼」

「吸血鬼がこの程度で喚かないで。どうせ回復するんでしょう」

鉈志の背後に落ちた流星は、冷たい声と、炎が燃え立つような青い瞳をしていた。

右手にリベラシオン。左手に白木の針を束ねたアイリス・イェレイは、憎悪に満ちた顔でうずくまり叫ぶ銛志を見下ろしていた。

「や、やみ、闇十字⁉　て、テメェはあの時の……な、何故ここが……っ！」

叫びながら銛志は、虎木を睨む。

「それをあなたが知ってどうするの……！」

「うぐぁっ‼」

アイリスは軽く腰を捻ると、修道騎士制服のブーツの底を銛志の顔面にめり込ませ、倒れた瞬間残った左腕の肘に、容赦なくリベラシオンで白木の針を叩きこんだ。

「ぐ、おおおおお‼」

銛志の絶叫にも、アイリスは無表情に見下ろすだけ。

「あ、アイリス……あの」

その鬼気迫る横顔に、思わず虎木も生唾を呑み込む。

すると、呼びかけられて虎木を見た瞬間、アイリスの顔がくしゃくしゃに歪む。

「ユラ……良かった、間に合って……大丈夫？　怪我、してない？」

「まぁ、それなりに食らった。ザックとトレーニングした後だったんで、全然余裕なくてな」

「よか……った……！」

「ぐっ！」

アイリスは倒れた鉈志の左手にさらに白木の針を飛ばしてから、倒れた虎木に跪き抱え上げると、その頭を抱きしめた。

「良かった……私、シスター・ユーリから聞いて、本当に驚いて……忙しくて、あなたに連絡できなくて、それで……」

目にいっぱいの涙を浮かべるアイリスの腕を、虎木は軽く叩く。

「いいって……げほっ……来てくれて、俺は助かった……そうだ……それよりも、理沙ちゃん……あいつが理沙ちゃんの電話を……」

「リサって、あの時の子の名前よね？　まさか……！」

アイリスは顔を上げて地面に縫い留めた鉈志を振り向いたが、

「え」

アイリスの視界を埋めていたのは、雅やかな柄の帯の色だった。

「油断も隙も無いとはこんことやねぇ」

そこには、鉈志など足元にも及ばぬ鬼気を纏い、抜き身の刀を手にした未晴が立っていて、傲然とアイリスを見下ろしていた。

「み、ミハル……」

このままではこのビルが平らにならされてしまうと危機感を抱いた虎木は、落ちそうな意識を保って言った。

「よう、未晴。悪いな、こんな格好で……」

「全く」

虎木の声を聞いた未晴からすっと鬼気が消え、刀も背の鞘に納められる。

「ご安心ください虎木様。羽鳥理沙の身柄は保護しています」

「マジか」

「はい。このビルの二階で眠っていました。今、シスター中浦と百万石優璃さんが保護して連れ出しています」

「何だよ……中浦まで来てんのか……」

「シスター・ユーリがあなたから電話をもらったとき、そばにシスター・ナカウラもいらっしゃったの」

「ああ……そうか。クソ。そりゃそうだよな。話題のデイウォーカーだもんな……」

そうこうしている内に、いつの間にか屋上に何人もの修道騎士が現れて、アイリスが縫い留めた鉈志を取り囲んで拘束する。

「く……離しやがれ！　バカな、こんなこと……俺はまだ……‼」

「連れて行きなさい」

足掻く鉈志に審判を下すような中浦の声がして、鉈志は引っ立てられてゆき、代わりに中浦がアイリスの膝の上に頭を乗せた虎木を見下ろすように立った。

その中浦の手から、虎木の胸元に赤い小さなものが投げられた。

「それはお返ししておきます」

それは、虎木のために未晴が作った『血の刻印』だった。

「よう、シスター中浦」

「………今回は、デイウォーカーの捕縛に協力していただいたこと、感謝します」

渋い顔は相変わらずだが、思いがけない一言が中浦の口からこぼれた。

「ですが、一つだけ分からないことがあります。比企未晴さんの力ならば、刻印からあなたの位置が分かるとして、それより前、一体どうやってシスター優璃に連絡ができたのですか」

アイリスは、優璃が虎木から電話を受けたと言った。

だが、虎木は鉈志から電話を受けてからずっと、鉈志との通話を切っていないはずだった。

「人ごみで出した分身に百円持たせて公衆電話だ。だけど今マジで公衆電話少なくなってんだな。結局駅まで走らせるハメになって、連絡が遅れてボコられちまった」

虎木は鉈志と通話したまま、居酒屋前でたむろす大学生の集団の中で黒い霧の分身を一体出現させ、忙しいアイリスではなく、わざわざ自分にデイウォーカーのことを直接伝えにくる程度には時間があるらしい優璃に公衆電話から連絡を取った。

優璃の連絡先自体は、以前彼から二十万円分の旅行券を受け取ったときにもらっていたが、問題は自分の場所をどう知らせるかだった。

虎木は『コートの前を開けた』と言いながら胸元の十字架型の刻印を引っ張り出して道端に投げ捨て、一方で分身を操作しながら優璃に電話で、必ず未晴を帯同して刻印を追わせるように指示を出した。

「よくシスター優璃の電話番号を覚えていましたね。携帯電話は使えなかったのでしょう？」

「俺はダチが少ないからな。俺達の世代なら、知り合いと勤め先の電話番号の十件二十件くらいは覚えてるもんだろ？」

「……なるほど。私達の世代、ね。確かにそういう時代もありました」

「鉈志にも……散々雑魚雑魚言われたけど、ま、頭と、ダチの力で……なんとかな」

「ユラ、大丈夫⁉」

虎木の息が荒くなる。限界が近かった。

中浦は、虎木の説明を聞いてから嘆息した。

「以前のあなたなら、霧の分身をそこまで長時間、しかも精密に操作する力は無かったはず。あなたがザーカリー・ヒルに師事し、室井愛花を討つために修行をしていることは知っています。……虎木由良」

中浦の声は、いつも通り、ファントムに対する冷たさをはらむものだった。

「あのデイウォーカーは、得た力の使い方を誤ったあなたの未来の姿です。くれぐれも、シスター・イエレイや私達の手を煩わせぬよう、心掛けなさい」

「だからよぉ……俺は何もして……」

虎木の意識はそこで途切れた。

意識を失う直前に聞いたのが中浦の定番イチャモンというのは最悪だったが、逆に言えばあれを聞くときは何だかんだ安全なときなので、この際やむを得ないのかもしれなかった。

※

そこは虎木が持っていた古いイメージの場所とは、かなり異なる外観をしていた。

銘志と戦った建物に比べれば圧倒的に外観は新しいが、それでもいわゆる当世風の五階建て雑居ビルに、夜間学童保育所『イエローガーベラ』はあった。

一階は学習塾のように入り口は解放感のあるガラス張りで、中を覗きこむと柔らかそうな洋風畳敷の床にローテーブルが沢山並んでいる。

カバンが沢山入っているロッカーと、沢山のおもちゃや本棚。

五十代と思しき指導員が大勢の子供と遊んでいる。

虎木とアイリス、そして詩澪に、更に一人の同行者は、銘志次郎との戦いから一週間後、出日樹里に迎えられ、イエローガーベラのスタッフルームに通されていた。

「本当に……本当にありがとうございました」

樹里は改めて深々と頭を下げる。

その樹里の隣で、スーツ姿の中年男性がいて、その男性もまた虎木達に頭を下げていた。

「二度も……娘を助けていただき、なんとお礼を申し上げていいか……」

羽鳥博司と名乗った初老男性は理沙の父親で、差し出された名刺によると、会社経営者であるらしい。

村岡の予想通りなるほど資産家ではあるようだが、表情には疲労が浮き出ており、日ごろの疲れと今回の騒動が重なっていることが察せられた。

「一度目はお礼にもうかがわず……しかもそれからすぐにこんなことになって……」

「いえ、今回は警察の側に大きな落ち度がありました。被疑者を留置所から脱走させるなど、あってはならないことでした。責められるべきは我々です。二度目の誘拐は、防げた事態でした。まことに申し訳ございません」

虎木達の横で、スーツ姿の男性が羽鳥氏に負けないほど深く頭を下げた。

「……」

虎木は、彼のその姿を複雑な思いで見る。

年の頃は羽鳥氏と同年代の五十前後。白髪も混じり威厳のある顔付きのその男性こそ、虎木の甥であり和楽の息子、虎木良明だった。

「そんな、元はと言えば私どもの管理体制が甘かったことが原因なんです」

「そんな、私が忙しさにかまけて理沙を甘やかしていたから……」

「元の話をしてしまえば、極論理沙さんがどのような状態で外にいようと安全であるよう治安を維持するのが我々の務めなのです。この度対応した署では管理体制を見直して……」

樹里と理沙の父、そして良明がそれぞれに詫びをしあう中、虎木とアイリスと詩澪はやや窮屈な思いをしていたが、そのとき、

「ねぇ、まだお兄ちゃん達とお話できないのー！」

スタッフルームの扉を無遠慮に開けて、理沙が喜色満面で入って来た。

部屋の中の大人達の視線にも物怖じせずに入って来た理沙に、樹里は困惑し、理沙の父は渋い顔をするが、良明と虎木達は柔らかく微笑んだ。

「やあ、理沙ちゃん。元気そうだな」

「うん！　あ！　魔法使いのお姉ちゃんもいる！」

「こんにちは。理沙ちゃん」

詩澪も理沙に小さく手を振ってから樹里達に向き直る。

「出日さんもお父様も、私達はもう十分にお礼をしていただきましたし、犯人も捕まったんですから、もう大丈夫ですよ。それより今は、これ以上我慢させるとまた理沙ちゃん、どっか行っちゃうかもしれませんよ？」

「あ、ああいや、ええ」

悪戯っぽく言う詩澪の言葉に、樹里達も苦笑するしかない。

「刑事さん。私達、少し理沙ちゃんと話してきて大丈夫ですか？」

「分かりました。お父様と出日さんさえよろしければ」

詩澪に問われ、良明は鷹揚に頷く。

今回虎木達に同行しているのが和楽でも未晴でも中浦でもないのは、鉈志が一度、警察に逮捕されたからだった。

留置所脱走の事実は公にはなっていないが、当然警視庁と留置していた豊島中央署は上を下への大騒ぎになっていた。

だが相手はデイウォーカーの吸血鬼であり、しかも再逮捕は虎木と闇十字の仕事だった。

このままでは鉈志の存在が書類上宙ぶらりんになってしまうし、逃げられた豊島中央署の捜査員もいつまでたっても解放されない。

そのため、オールポートと未晴が警察庁の幹部職員である良明に、書類上の事態を収拾するよう要請を出したのだ。

その話を聞いたとき、虎木はそんなことが警察にできるのかと半信半疑だった。

だが横浜港のメアリ一世号での戦いの時点で既に良明は闇十字騎士団の存在を知っていた。

オールポート曰く、

「闇十字騎士団は聖十字教会の内部組織だが、存在は公になっている会派だ。ＵＫ本国では非公式ながらニュー・スコットランドヤードや軍とも連携しているし、駐屯地のある主要先進国の治安維持組織とは緊密に連絡を取り合っている。ヨシアキ・トラキは頭の固い日本の行政関連組織の中では柔軟な思考の持ち主だ。まぁ、誰かさんの影響なんだろうな」

銘志が闇十字に捕らえられてから一週間。

吸血鬼が人間の光が直接当たる場所で犯罪に及んだケースとしては異例の速度で処理が進められ、そして今日、理沙とアイリスの面通しを兼ねて、良明が虎木達と共にイエローガーベラに同行することになった。

詩澪は良明と虎木の関係に驚いたようだったが、さすがにアイリスや未晴に見せるような軽薄なノリは影を潜め、諸々の事情を全て呑み込んだ上で良明を刑事さんと呼び、あくまで虎木の友人、一般人の体を守っている。

「学童って、保育園か児童館みたいなものって思ってたけど、大分イメージ変わったな」

スタッフルームから理沙に連れ出された三人は、カフェスペースのような場所に腰を落ち着けていた。

「うん。夜にご飯食べる子は、みんなここで食べるんだ」

カフェスペース、というのは言葉通りであり、椅子とテーブル、飲料の自動販売機だけでなく、企業のオフィスに備え付けられている有料菓子スペースや、軽食の自動販売機などが設えられている。

「あれ、これってもしかして」

虎木は、各テーブルに張り付けられているメニュー表のようなものに、見覚えのあるフレーズを発見する。

それはどうやらデリバリー弁当のメニュー表らしいのだが、表記されている弁当の商品名が、フロントマートに卸されている弁当と同じ名前なのだ。

「お兄ちゃんたち、フロントマートの店員さんなんだよね。このお弁当食べるときは、近くのフロントマートから届けてもらってるんだよ」

「へぇ、そんなことやってる店があるんだ」

「うん。お兄ちゃんとこ、やってないの？　何かね、一人乗りの小さな車で届けてくれるんだ。出前の車が来ると男の子たちが急に集まってくるんだよね、格好いいとかで」

一部店舗では買い物困難者向けに配達サービスを行っていて、店先に配達用の小型車が停まっている店があると、あのエスカバーマンが目印のセーフティースペース活動の冊子で読んだことがあった。

そう考えると、夜間学童で過ごす子供達のための商品展開はきっとこの施策を行っている店舗のセーフティースペース活動の一つなのだろう。

「そうだ。今更だけど」

ひとしきり大人達が今時の学童施設の在り方に感心したところで、理沙はアイリスに向かってペコリと頭を下げた。

「この前は、ありがとうございました。おかげで助かりました」

「ええ。でも、もうこれで二度も大変なことになったんだから、これ以上先生たちやお父様を困らせるようなこと、しちゃだめよ」

アイリスは笑顔で頷きつつも、理沙にきちんと釘を刺す。

「この前も今回も、もしかしたらリサちゃん、ここに帰って来られなくなったかもしれない。良ければ……どうして学童を抜け出したのか、私達だけに話してもらえる？」

そして、釘を刺すだけでなく、理沙から事情を聞き出す配慮も忘れなかった。

子供っぽい部分は多く遠慮も無い性格だが、こうして話していても、理沙は大人の言うことに無意味に反発するタイプの子供には見えなかった。

学童の中を案内する口調からも、何かに夢中になったり感情的になって突然規範が外れるようなタイプにも見えない。

二度目はともかく、一度目に鉈志と遭遇したのは偶然のはずなので、何故学童を抜け出すようなマネをしたのか、その原因を探らねばならないとアイリスは考えたのだろう。

「うーん……子供っぽいって思わない？」

「大人っぽいって思う理由なら思わないわよ」

「えー、なにそれー」

理沙は口を尖らせながら、ふとスタッフルームの方を見る。

「うーん……そうだなぁ、どう言えばいいかなぁ」

しばらく悩んでいる様子だったが、やがてゆっくり口を開いた。

「魔法使いのお姉ちゃんって、日本人じゃないんだっけ？」

「え？　ええ、そうね」

「アイリスさんも、違うよね」

「ええ、私はイングランド。シーリンは中国よ」

「外国の人でもさ、親がムカつく、ってあるの？」

詩澪は質問の意図が分からず目を丸くするが、アイリスは理沙から目を離さず穏やかな笑みを浮かべたまま頷く。

「リサちゃんは、お父様が嫌い？」

「違うよ。ムカつくの」

その違いは、大人には分かりにくいことかもしれない。

大人になれば、自分の意に染まない行いをする『ムカつく』人間との関係は、切れない関係である場合『嫌う』かしかなく、切れる関係であれば『近づかない』ことで処理できる。

だが、子供と親はそういうわけにはいかない。

親が良かれと思って行うことの大半は、子供の意に沿わないことばかりだ。

「お兄ちゃんさ、一回目のときジュリ……出日センセーとお店に行ったときも、何で親が来ないんだろうって思わなかった?」

「まぁ、少しな」

樹里の名を呼び捨てにしているのか、はたまた普段からあだ名呼びなのか、迂闊にそう呼ぼうとして取り繕って言い直すあたり、やはり理沙は既に大人の理性的な行動を心掛けられる人間になっている。

だからこそ、二度の学童脱走は、彼女が発した本当に危険な信号なのかもしれない。

「そういうとこ。今日だって普通ならお母さんだって一緒にいなきゃでしょ? 二度もヤバイ場面から助けてくれた人がいるのに、だよ? そう思わない?」

「ん……まあ、それは家庭それぞれなんじゃないか?」

大人には答えにくい問いだ。

そして大人が答えにくいということを、理沙は分かっているかのように小さく笑った。

「お兄ちゃんは優しいね」

まるでこちらの心中を見抜いているかのような言い方に、虎木もアイリスも詩澪もはっとしてしまう。

「でね、ほら、あっちにいる子達も、まぁ色々理由があって家族と夕食食べらんない子ばっかりだし、私はここの中では最年長で話やセンス合わないこともあるからさ。それでね」

傍目には、誰が悪い、という話ではないのだろう。

理沙の父にしても、会社経営者と一口に言ってもその様態や忙しさは様々だ。

かつて村岡と灯里、比企天道と未晴の間柄のことについて外からあれこれ言えなかったのと同じように、理沙の家族には理沙の家族しか分からない、是と非があるのだ。

「なーんてね。ま、そういうことにしといてよ。別に虐待されてるとか、そういうんじゃないし、出日センセーも親身になってくれるしさ」

「……」

大人びてはいるが、どこか無理をしているようにも見える。

「あなたはきっと強い人なのね。でも……まだ、大人と言うには体も小さくて、力も弱いわ。もし、またどこかに飛び出したくなったときには……ここに、連絡してちょうだい」

そう言うと、アイリスは小さなカードを差し出す。

「これって……」

「私の連絡先。私もどっちかと言うと夜に活動することの方が多いから、メッセージだけでも入れてもらえたらって思うの」

理沙はしばらくカードを眺めていたが、やがてにんまりと笑ってポケットから自分のスリムフォンを取り出しすぐに連絡先を登録。

一分経ったころには電話もメッセージもアイリスに返していた。

「いつでも、いいの？」

「もちろん。色々あって丁度時間が出来たところだしね」

数日アイリスが忙しかったのも、デイウォーカーである銑志を捕まえるまで。

都内で起こった吸血鬼殺害に銑志がどれほど関わっているのかは分からないが、アイリスは事件背景の調査係からは外れたらしく、三日前から帰宅していた。

「ただ遊ぶだけでもいいの？」

「もちろんよ。って言っても、私最近の日本の子供がどんな遊びをするのかよく分からないんだけど」

「大人ってたまに勘違いしてるけど、別に最近の遊びとか知らなくてもいいんだよ。私達はその都度その都度遊びたいことで遊びたいだけだから」

「なかなか言いますねぇ理沙ちゃんは」

瞬間瞬間で大人と子供を行き来する理沙の言葉に詩凜は楽しそうに笑った。

「まぁ、お姉さん達も、最新のゲーム機じゃないと遊べないって言われるよりはその方が気が楽です。多分誰もそういうの持ってないんで」

「あー、でもあの子達に聞いたら、最近のお爺ちゃんお婆ちゃんなんかはむしろゲームの方が楽だって言うみたいだよ？」

「え？　何で？」

「子ども主導でお爺ちゃんお婆ちゃんでもできるソフト選んでくれるし、出来なくても当たり前だし、椅子に座ったままでいられるから、って。外で子供が危ない目に遭わないかハラハラすることもないし」

「あー……」

虎木は指導員と一緒に遊んでいる小学校低学年くらいの子達を振り返り、納得してしまう。

「都心じゃ外で遊ぶ場所なんてないもんな。昔と違って親も子供を外で遊ばせるの、ためらいがちになってるって聞くし」

かつては都市部でも地方でも、子供は外で遊ぶもの、という認識があり、その時代の外は単に『家の外』であればよかった。

だが、現代に於いての『外』とは『安全が担保され』ており、かつ『他人に迷惑をかけ』ず、更に『何か起こったときに管理者が即時対応でき』る場所だ。

そして一般的にそういった場所はお金がかかり、子供だけで行ける場所ではなく、結果、現代では学校の外で子供達だけの創造性と文化が醸成される場所が極めて限られている。

道路で地面に落書きをしたり縄跳びしたりゴム飛びしたり。

放課後に、一度帰宅してから学校の校庭で集合してサッカーをしたり。

近所の公園でケイドロしたり野球をしたり。

山や川に子供達だけで分け入って探検したり生き物を捕まえたり。

そんな光景は二十年以上前に少数派になっていた。

もちろん少数派になったのには少子化はもちろんのこと、やむを得ない理由と痛ましいきっかけが重なった結果であり、それぞれの時代の情勢を無視して単純にこのことだけを比較し是非を問うなどあってはならない。

「本当マジそれ。でも親もさ、こんなに外で遊びにくいのに、家にいる間ゲームはするな動画も見るなってのも横暴だよね」

「あー……まぁ」

「仕事しなきゃってのは分かるよ。でも何で自分が見てない間のこと、まるで見てたみたいに言うのって何か違わない？」

「まぁ、大人は自分の経験と知識からある程度パターン化して物事を見ますからねぇ」

虎木（とらき）もアイリスも詩澪（シーリン）も幼い頃に親を失っているため理沙（りさ）のこの感想には本心からは同意できないが、詩澪（シーリン）が一つの愚痴と受けとめ上手（うま）く流した。

「でも、実際安全な日本でも理沙（りさ）さんは危ない目に遭ってるわけですから、自重はしてくださいね？　頭良いんだから、分かるでしょう？」

そして、普段の詩澪（シーリン）からは考えられないほど模範的な大人の言葉を理沙（りさ）に渡す。

「ま、ね。ね、アイリスさん。さっき連絡いつでもいいって言ったけど、遊びに行くのは？」

「遊びに行くって、どこに？」

「アイリスさんちとか」

「うちに？　何も無いわよ？」

「だからー、どこか具体的なとこに行きたいわけじゃなくて、アイリスさんと遊びたいってこと。お兄ちゃんと魔法使いのお姉ちゃんはフロントマートの店員さんだし、お店に遊びに行くって変じゃん。でも、アイリスさんてシスターさんなんでしょ？」

「え？　ええ、まぁそうだけど……」

「こないだの教会とかでイベントやってないの？　ミサとかさ、私ちょっと興味あるんだ」

アイリスがシスターであることは、鉈志から助けられた翌日に知られたことだった。

鉈志の身柄を警察に渡せないため、理沙の件も警察に事件化させるわけにいかず、理沙はサンシャインの駐屯地で二日間、精神面のケアのためという名目で保護されていた。

虎木は闇十字の物騒な面しか知らないために理沙が怖がるかと思ったが、そこは早くから動いていたオールポートと良明が動き、理沙の目には警察の依頼で児童のケアをする場所と認識されているはずだ。

「そういうことなら問題ないわ。ちょっと上司に確認してみるけど、ミサをやる日は来てくれた子にお菓子も出したりしてるから」

「よっしゃ！」

理沙は拳を握って喜ぶと、ちょうどそこに良明が樹里と連れ立ってスタッフルームから姿を現した。

「お待たせしました。アイリスさん、梁さん、虎木さん」

「え、えっと……も、も、もう、だい、だい、だい……」

「刑事さん、もう大丈夫なんですか？」

アイリスが一番スタッフルームに近い椅子に座っていたので、詩澪が慌てて間に入る。

「はい。私はこれで失礼しますが、皆さんはどうされますか？」

「ねぇ、刑事さんも虎木さんだったよね？　もしかしてお兄ちゃんのお父さんかなんか？」

虎木達が答える前に、理沙が話をねじ込んでくる。

すると良明は、

「……内緒ですよ。実は、伯父と甥っ子なんです」

と、本当のことを告げた。

「へー！　そういうことあるんだね」

当然理沙は良明を伯父、虎木を甥だと思っただろうか、知り合いの親戚を見る珍しさだけで目を輝かせた。

「それじゃあ、今日は俺達もこれでお暇しよう」

「ええ？　もう帰っちゃうの？」

「知らない大人が長居してたら、他の子の保護者が困るだろ？」

「うー、まぁそうか。じゃあさ、今度一緒に遊んでね！　連絡するから」

「分かったわ。その代わり、ちゃんとここかおうちまで迎えに行くから、勝手に抜け出した後だったとかは無しにしてね」

「分かった。約束！」

理沙と握手をして別れると、樹里に見送られ、四人はイエローガーベラを後にした。

少し歩き、角を曲がってイエローガーベラの建物が見えなくなったところで、良明が立ち止まる。

「アイリスさん。梁さん。もしこの後予定がないようであれば、申し訳ありませんが、伯父を少しお借りしてもいいですか」

「私達は別に。ねぇ、アイリスさん」

「は、はい、わ、わ、私達に、か、か、構わず……」

改まった良明の物言いに、詩澪とアイリスは頷く。

「ありがとうございます。伯父さん、少し話しましょう。腹減ってませんか。奢りますよ」

「構わないよ。何だか今の良明君の貫禄で言われると、いやいや俺がって言えなくなるな」

虎木は嬉しそうに言いながら、アイリスと詩澪に手を振って池袋の繁華街へと歩いてゆく。

詩澪はそれを見送りながら、小さな声で言った。

「何か、不思議です。虎木良明さんはファントムとか、私の正体とか知ってるんですよね」

「そうね。正直、弟のワラクさんは退官するまで闇十字(やみじゅうじ)とは交流が無かったって言うから、ヨシアキさんの周囲で何かがあったんでしょうね」

「私、ファントムを知ってる『人間の権力者』って初めて会いました。尸幇(シーパン)時代は、仕事取ってくるのは他の僵尸(キョンシー)の役目だったんで。政治家とか官僚とかそういう人達ってナマで見たこと無くて」

良明(よしあき)を権力者と表現するのは、アイリスにはやや違和感があった。

和楽(わらく)は警察庁のトップにまで上り詰めたが、良明(よしあき)はまだそこまでの立場にはない。

アイリスも初対面ではないものの、良明(よしあき)ときちんと会話したのは今回の理沙(りさ)の件が初めてだが、和楽(わらく)から聞いた限りでは、良明(よしあき)が警察で権力を得るのは当分先のことのはずだ。

「何と言うか、普通だったら虎木(とらき)さん……ああ、紛らわしいなぁ。由良(ゆら)さんも良明(よしあき)さんも、お互いを利用して生きた方が楽そうなのに、全然そんな感じしない。由良(ゆら)さんが良明(よしあき)さんの力を借りれば、もう少し人間に戻るにしても効率良い気がしますけど。良明(よしあき)さんの方だって、由良(ゆら)さんのこと利用すれば出世とか捜査に役に立ちそうじゃないですか？」

「そういうケースがあることは、否定しないわ。ただ、トラキファミリーはそうじゃなかった。ただそれだけでしょ」

詩澪(シーリン)は不満そうに眉根を寄せる。

「虎木(とらき)さんのそういうとこですよね。たまにイラつきます。人間に戻りたいなら使えるものは何だって使えって話じゃないですか？」

「それって、どこまで？」

「え？」

「使えるって、どこまでなら使っていいの？」

「そりゃあ、お金とか、立場とか、権力とか……」

「ユラは、吸血鬼よ。吸血鬼が力を得るなら一番必要なことって何」

「血を吸うことですよね？」

「お金や立場や権力を使うことと血を吸うことって、どっちが上位に来ることかしら」

「知りませんよそんなこと、ケースバイケースでしょ」

「そのケースバイケースで、トラキファミリーはそれをしないって選択をした。ただそれだけのことよ」

「わっかんないなぁ」

詩澪（シーリン）は納得していないようで、歩き出してからも不満たらたらだった。

「シーリンは、ユラに吸血鬼にしてほしいんでしょ？　だったらユラが人間に戻らない方がいいんじゃないの？」

「そんなこと誰も言ってませんよ。ミハルさんじゃあるまいし。別に私を吸血鬼にしてくれた後なら、いつ戻ってくれても問題ないです」

「ミハルがあなたにそんなこと言ったの？」

「言う訳ないでしょあの人が。ただあれだけ虎木さんのこと好き好き言ってる長生きファントムが、長命な吸血鬼から短命な人間に戻ってほしいわけないじゃないですか」

「ま、それもそうね」

アイリスは苦笑する。

虎木達とは反対方向に歩く、人間でありながらファントムの世界で生きてきた二人は人間の生きる営みの光を避けるように、繁華街の外れを歩いて雑司が谷へと向かった。

「アイリスさんには悪いですけどね、傍から見てれば虎木さんは観念して比企家に婿入りして、未晴さんに一生生活を保障してもらうのが一番安定して幸せになれる道だと思いますよ」

「ユラのお金と安全と生活のことだけ考えれば、そうかもね」

「あら、もっと怒るかと思った」

「流石にそう簡単にあなたの手の上で転がされたりはしないわよ」

いけしゃあしゃあと言ってのける詩澪にアイリスは苦笑するしかない。

「でもそれこそ、家族のことは外からは分からないわ。家族の外の規範に照らし合わせてどんなに不合理なことでも、その家族の中では絶対的な幸せの条件なんだとしたら、誰かがその幸せを否定することなんてできない。それが違法行為じゃない限りはね」

「それが、虎木さんちではお互いを利用しない、ってことだって言うんですか？」

『利用』って考え方がそもそも間違ってるのかもね。トラキファミリーだからなのか日本人だからなのかは分からないけど」

「はー。わっかんない。本当意味不明」

「シーリン、あなた外の世界の法律や道徳と照らし合わせて尸幇の掟を考えたことなんてあった？　何でこんなばかばかしい、理不尽なルールがあるんだろうって思ったことない？」

「それは違わないですか？　幇の掟だのヤクザの仁義だのなんて、結局組織を維持する建前でしかないんだから。あれは形を変えた法律と一緒です」

「法律も反社会組織のルールも最大公約数的に組織の利益を維持するための了解って意味では家族の暗黙の了解も、機能としては同じことよ。だからこそトラキファミリーの想いは、尊重しなきゃいけないの」

「そんなもんですか。まぁ私は最終的に吸血鬼にしてもらえれば何でもいいんですけども」

詩澪は振り返り、虎木と良明が消えた繁華街を、そして隣を歩くアイリスを、最後に少し遠くに見えるサンシャインの影を見上げて、つまらなそうに言った。

「望み薄なのかな」

※

「良明君とサシで飯食うなんていつ以来だ」

「五年前くらいでしたかね。一度親父の届け物をして、それで雑司が谷のラーメン屋で」

「ああ、そう言えばそんなことあったな。あれもう五年も前か」

虎木と良明は、適当な居酒屋を見つけて適当に席に着いた。

酒も食事も、特に目新しいもののない、安すぎず、かといって別に高級でもない居酒屋。

テーブル席で差し向かいに最初の瓶ビールを注ぎ合う。

「由良伯父さんの体質でも、やっぱり歳取るごとに時間の流れが分かりにくくなるんですか」

「そこら辺は人間と変わらん気はするな。特に和楽が退官してからは余計にな」

「親父は、退官してから時間の流れがゆっくりになった気がするって言ってましたよ。現役の頃の忙しさは半端じゃなかったみたいなんで」

「そりゃそうだよなぁ。本当、あいつには面倒かけっぱなしだ」

「親父はそれを楽しんでるとこありますから。今日は、お疲れ様でした」

「そっか。ああ、お疲れ」

乾杯グラスを軽く合わせて、二人ともグラスの半分ほどを呑み込む。

「ビールも久しぶりに飲みました」

「忙しいんだろ。悪いな。面倒事に巻き込んで」

「いいえ、これも今の俺には必要な仕事なんで。こっちこそ、結果的には鉈志(なたし)がファントムなんでこの形が最良だったんでしょうけど、警察が面倒をおかけしました」

「仕方ない。デイウォーカーなんて俺達(吸血鬼)の間でもレア中のレアの存在だ」

「日中動けたらそれはもう吸血鬼じゃないのでは？」

「俺だってそう思う。まして日中に能力使うなんてな。俺を吸血鬼にした奴(やつ)だって、日中は能力使えないんだぜ」

「そんなの相手によく無事でしたね」

「無事じゃねぇよ。アイリスと未晴(みはる)がいなけりゃ俺も心臓奪われてた」

「え？　心臓？」

「デイウォーカーを作る方法なんだとさ。同じ吸血鬼の心臓を奪って食うんだと」

「それは……また」

　良明(よしあき)は苦笑して、ちょうど運ばれてきたサラダと焼き鳥盛り合わせを見下ろす。

「ヤキトリのハツは食えますけどね」

「いつかあの映画みたいに、人間は鳥に復讐(ふくしゅう)されるかもな」

　焼き鳥の皿にハツ(心臓)の部位など無いが、何となくメニューと話題の相性が悪くなってしまったので、それを打ち消すために虎木は敢えて立て続けにねぎまとつくねを平らげた。

「ところで聞いていいか。警察はいつ、ファントムなんてもんを真面目に取り扱うことになったんだ？」

「どうしたんです、急に」

「いや、オールポートや中浦と良明君がやりとりしてんの、俺の目から見ると違和感しかねぇからさ。あいつら、下手なファントムよりよほどバケモンなんだぜ」

「警察の理屈で言えば、そういう手合いこそ日頃からの交渉が物を言う相手になるんですよ」

良明はサラダをそれぞれの皿に配膳しながら言う。

「日本警察がファントムを取り扱うようになったのは、親父が退官して一年してからです」

「じゃあ、そんな昔からってわけじゃないんだな」

「そのきっかけがうちの親父とお袋と伯父さんだと言ったら信じますか」

全く変わらない調子で言葉を続けたので、虎木は意味を咀嚼するのに時間がかかった。

さらに一本串を食べてから、

「……何だって？」

ようやく尋ね返した。

「警察庁長官は退任後も退官後も、一定期間警備部の警護を受けます。そのことは？」

「いや、知らなかった。まぁ、重要な役職だった人間なんだから、そう聞けばそういうもんなんだなとは思うが」

「親父は退官後の警備期間、実は公安にマークされていた時期があったんです」

「は⁉」

「マークされた理由は、親父が『カルト思想を持つ組織と接触した疑いがある』というものでした」

ますますもって意味が分からなかった虎木だが、次の一言で息が止まる。

「親父は退官してから、個人的な伝手を辿って世界中の『吸血鬼』に関する情報を調べていたんです」

「……俺のせい、ってことか？」

「結果的には。伯父さんを人間に戻すために使えるものはなんだって使うって気になったんでしょうね。お袋が病気で早死にしたのも理由でしょう。自分が明日死んでもおかしくないって思って、焦ったんです」

「……」

「で、その情報網に接触してきたのが闇十字でした。ですが、公安のマークが先んじて闇十字と接触してしまった。これ以上のことは当事者の伯父さんにも話せませんが、親父が引き寄せた闇十字が同時に比企家も引き寄せ、警察組織が先回りしてそこに接触した形です。今はまだ限られた人間しか知らない話ですし、これからも公になることはないでしょう。ファントムが大掛かりなテロでも起こさない限りは」

「俺が言うのもあれだけど、それでいいのか？」

「警察行政としてはそう言うしかありません。だって知らなくても世の中は回っていたんです。未解決事件にファントムが関わっているなんて言う人間もいましたが、全部が全部そうなわけありませんしね。これまでそれで上手く回っていたものを、無暗に明るみに出して治安が乱されれば本末転倒でしょう？」

ことなかれ主義と言えばそうなのかもしれない。

だが警察や行政がそんな世界に関わり合っていることが明るみに出れば、世にどんな混乱が巻き起こるかは容易に想像がつく。

最初はセンセーショナルなファントム発見報道。しかる後に存在知りながらを秘匿していた警察と行政への非難。その後は民間人が隣人をファントムではないかと疑い、あぶりだされたファントムが攻撃され、一部ファントムが反撃し、その疑心暗鬼に乗じ人間が人間をファントムと誤解した犯罪が発生し、その中にまたファントムの犯罪が紛れ、大規模なファントム排斥の機運が起こる。

そのうちに吸血鬼のような人型のファントムの法と人権による保護が叫ばれるが、ファントム＝超常的な能力で人類に害を及ぼす化け物という図式が先行するため、世論は真っ二つに割れる。

国内世論だけならともかく、国際世論まで巻き込めば、どんな政情不安が起こるか分かったものではない。

安住し得る環境に潜む未知の異物が『発見』されて起こるこれらの世の中の動きは、とても『パニック』などという安易な単語では表現しきれるものではない。

そんなことはない、比企や六科の下にファントム達がまとまって、知的生命体同士の話し合いの交渉がうまく行く、とあっけらかんと言えるほど虎木は楽天家ではなかった。

ファントムの存在は知られなければならないと宣った烏丸は、もし本当にファントムの存在が市井の人々の知るところになったとして、そういった事態が起こることを想像できないほど浅慮ではなかろう。

それでもなお、今も世界の闇の中で衰退し滅びようとしているファントム達のために、世界を変えようと、そのために世界にファントムを受け入れさせるための試練を課そうとした。

一方で生粋の吸血鬼である網村と狼男の相良は、比企家と同じく人間社会の中で人間のふりをしながら強い制限の中で身を立てようとした。

その結果国際的な裏社会と繋がってしまったが、それすら人間の裏社会ではなくファントムの裏社会。

自分達の存在を認めないのはいつだって人間の方だ、と吐き捨てても、人間に自らを吸血鬼だと認めさせることには意味を見出していない。

だろう。

烏丸と網村の違いは、単純にそれまで接してきて、かつ守ろうとしたファントムの数の差
自分と自分の手の届くファミリーだけ守れば良い網村と違い、烏丸は比企と六科の狭間にあって多くの滅びゆくファントム達を目の当たりにしていたはずだ。

未晴の祖母の天道は、烏丸に『血で書いた計画は流された血の分だけ敵を作る』と諭したが、烏丸は言われるまでも無く織り込み済みだったはずだ。

烏丸はファントムだけでなく、人間の側にも革命を起こそうとしていたということである。

「俺は当時そこまで状況をリアルタイムに知ることのできる立場じゃありませんでしたし、今だってこれ以上のことは話せませんけど、横浜の件以降親父には散々愚痴られましたよ」

「警察はそういうの身内にもオープンにしちゃいけないんだろ」

「明かせなくても明かせよ明かせないの分かってるけどっていう警察身内ギャグですよ」

「分かりにくいよ」

二代で警察官僚になってる家族はこれだから困る。

「ですからね、うちの家族は本当秘密が多くて、だから江津子が若い頃は親父のせいで隠し事しまくるんでお袋が苦労していました」

「江津子ちゃんそんな家族に秘密抱えるタイプじゃないだろ」

「昔気質の警察官僚の親父がどうこうできるほど生優しい若者じゃなかったですね。本当、

仕事でも何でも親父は大事なこと、本当に人に言わないんですよ」

「はは、まぁ年取れば皆そういうもんだろ。男は特にな。まぁ、俺もそういうとこあるって自覚してるし、家族持った良明君だってそうだろ？」

「ええ、まぁ。それで、まぁ秘密ばかりの家族なんでアレなんですけど」

ビール瓶が一本空いて、二杯目が来た時点で、良明がぽつりと言った。

「親父にガンが見つかりました」

「………え」

「胃ガンです。来週から入院する予定です」

「いや、いや待てよ、何だそれ」

虎木は手にしていたグラスを取り落としそうになった。

「来週から⁉　もうすぐじゃないか！　え？　いや、大丈夫なのか？　すぐ入院して手術しなきゃだめなんじゃないのか？」

「その手術の前準備のための入院です。医者は、半々だろうと」

半々。つまり、治るか治らないかは分からない、ということだ。

「が、ガンって歳取ってれば進行が遅いって聞いたことあるけど……」

「それって八十とか九十の話らしいです。六十や七十は若者と変わらないことも普通だとか」

虎木は言葉を失う。何か言わなければと思うが、何を言えばいいのかがまるで分からない。

「やっぱり、聞いてなかったんですね。ここのところ、よく伯父さんと会っていたと聞いていたので、もしかして話しているかもと思ったんですが」

確かにザーカリーの件で何度か顔を合わせたが、その間、和楽からそんな様子は微塵も感じ取れなかった。

「……いつ分かったんだ」

「先月の段階ではもう分かっていました」

だが、今思えば、最近の和楽に奇妙な点はいくつもあった。

アイリスを訪ねてきて虎木には何も言わず帰ったり、食事の誘いを断ったり、アイリスと未晴に込み入った話をしていたり、ザーカリーのライブから帰るときも。

「腹……押さえてた」

虎木の手は動かなかった。

「知っての通り、元気なときは平気で立ち歩いてるんで、それをいいことに世話を拒むこともあるんです」

「……そりゃ、……そりゃ困ったな」

「ええ」

良明は二杯目を一気に煽ると、大きく息を吐いた。

「伯父さん、これは伯父さんと親父のことを江津子と二人でずっと見続けていた甥っ子の質問です。二人の気持ちとこれまでの人生はよく分かってるつもりです。その上で聞きます。失礼だったら、遠慮なく叱って下さい」

良明は少しだけ目を伏して言った。

「親父を吸血鬼にしたいって思ったこと、ありませんか」

「あ、お帰りなさい」

マンションの玄関のところで、ちょうど今帰って来たらしいアイリスと出くわした。

「……何だよ、そっちも今帰りか」

「ええ。信じられないけど、シーリンとご飯食べて来たわ」

対未晴ほどではないにしろ、アイリスと詩澪も特に仲が良いわけではないので、一緒に食事をしてどんな会話が繰り広げられるのか、少し興味があった。

「どこに食いに行ったんだよ」

「別にそんな特別なところじゃないわよ。あなたに教えてもらった近場のラーメンをね」

「……そっか」

アイリスはお帰りなさいを言ってくれた瞬間の笑顔のまま、一歩虎木に歩み寄った。

「……ユラ？　何かあったの？」

「……いや」

「私の目を見て」

アイリスは更に一歩踏み込んで、目を逸らそうとする虎木の袖を掴んだ。

「臭うぞ。タバコOKの店だったし」

「ユラ」

アイリスは手を離さなかった。

ただ真っ直ぐ虎木の目を覗き込んでいた。

「……良明が、さ」

「うん」

「……和楽が……病気だって……」

「うん」

「ガンで……ガン、分かるか、英語だと、ええっと……」

「分かるわ。大丈夫。大丈夫よ」

「治るか……分からないって、あいつ、俺には何も……！」

アイリスは袖を離し、腕に手を添える。同時に、虎木は膝から崩れ落ちた。

「俺は……俺は今まで……どうして……」

崩れ落ちてアイリスの袖を掴んだまま顔を伏せる虎木の頭を、アイリスはゆっくりと抱きしめた。

※

夜も十二時を過ぎ、イエローガーベラの入っているビルは完全に灯が落ちていた。

時折遠くから聞こえる車のエンジン音と、ガラス張りの一階保育スペースに表の道の街灯から差し込む光だけが落ちる。

「でさぁ」

その中に、小さな光が灯った。

「折角連絡先教えてもらったしさぁ。いつでも遊びにいっていいって言われたし、お言葉に甘えようよ」

「す、すぐですか」

「間が空くと連絡しづらくなるじゃん？　遊びの計画は早め早めで立てないと！」

「で、でも……うぐっ！」

「ねぇ出日センセー」

幼い声が、楽し気に笑う。

「でも、じゃないの。私が遊びたいって言ってんの。中の様子は保護してもらってる間にある程度把握したし、何も問題ないよ」

その光は、赤かった。

「いつがいいかなぁ。やっぱり『アイツ』がいる内がいいよね。そんでそんで、用心のために早めに、でもバレないように準備して」

遊びの計画遂行を待ちきれない様子の少女の声は、どこまでも楽しげだった。

「夜には、お兄ちゃんを招待しないとね！　分身持ちは、貴重だもん！」

第四章　吸血鬼は家族を大切にする

DRACULA YAKIN!

盛岡駅から分岐して秋田に向かう新幹線に自由席は無い。

東海道新幹線は上りの右側が三列シート、左側が二列シートだが、秋田新幹線は左右どちらも二列シートになっている。

虎木は左側のシートで弟、虎木和楽と並んで座りながら、東京を出て以降ずっと愚痴を並べ立てており、その後ろでアイリスと未晴は口を引き結び、ハラハラしながら話の推移を見守っていた。

「だからお前さ、そういう大事なこと、何で言えるときに言っとかねぇんだよ！」

「言ったからどうにかなるもんでもあるまい。別に死ぬと決まったわけでなし」

「ビビるんだよああいう知らされ方すると！　お前だっていい年なんだからそういう経験の一つや二つあるだろ！　悩むんだよ色々と！」

「いきなり知らされるのもそれはそれで心臓に悪いってこともあるだろう。だからソフトに伝わるようにそれとなく周りには教えておいたじゃないか」

「その周りから俺んとこに一度に伝わってきたんだぞ。こっちの心臓が止まると思ったわ！」

「何だ吸血鬼の心臓でも止まることがあるのか」

「そういうこと言ってんじゃねぇよ！」

虎木は怒り心頭だが、和楽は笑っている。

虎木が良明から和楽の患う病を告げられてから二日後、虎木と和楽、そしてアイリスと未晴は秋田行きの新幹線に乗っていた。

「あの、虎木様、あまり和楽長官を責めないでください。相談を受けて黙っていた私達も悪いんですから」

アイリスと隣に座っても話すことも少なく、ここまで虎木と和楽が深刻な話をするのではないかと緊張を強いられてきた未晴は、盛岡で周囲の客が降りたのを見計らって後ろの席から声をかけた。

「お前達は別にいいんだよ。そこまで詳しく聞いていたわけじゃないんだろ」

「うん、まぁただ、先々のことを相談されたってことは、そういうことだって推測する必要はあったのかなって」

アイリスが言っているのは、ザーカリーのライブ直前の事だ。

そもそもそれ以前から和楽はアイリスとコンタクトを取りたがっていて、それが兄である由良の先々の話だった。

由良が人間に戻れても戻れなくても、アイリスと未晴にはどうか末永く由良の味方であってほしい。

恐らく自分は、もう十年は保たない。医者に不穏な宣告をされていて、場合によっては三年も厳しい。

だが兄を見守る末期に、兄の吸血鬼としての人生に理解を示してくれる友の存在を知った。すぐそばにいなくとも構わない。ただ、由良が弱音を吐きたくなったときに、たとえ電話でも、ネット越しでも、話を聞いてくれる関係であってほしい。

あの日虎木が眠りから覚める直前、未晴、アイリスと和楽との間で交わされた話は大意としてこういうことだった。

虎木やアイリス相手なら好き放題ラブオーラで弾ける未晴も、和楽の人生を託されたかのような重みにはいつもの調子を出せなかったようで、結果今日までその相談事を虎木に明かすことができず、この状況に至る。

「年取ると若者に重いもん背負わせたくないって思いが強くなって、ついな。二人には病気で入院して、年も年だから兄貴のことを頼むと、その程度の話をしたつもりでいたんだ」

「お前それが重くないと思ってんのか」

眉を顰める兄に、弟は声を潜める。

「できるだけ軽くしたつもりなんだがな。相手も選んだつもりだぞ。あのコンビニの僵尸はそういうんじゃないんだろう？」

和楽はそう言って兄を肘でつつく。

「そ、そういうってなんだよ……」

「ジジイになった弟を舐めるな。いい加減思春期でもなかろう」

未晴が虎木への想いを表明するのに憚らないのは周知の事実だが、アイリスに関しては告白される前からその内心に気付いている節があった。

和楽は自分の寿命を人質に、アイリスと未晴を競わせようとしているのだ。

「趣味が悪ぃぞ」

「病気がなくたって明日にはぽっくり逝ってもおかしくない年齢だ。同年代の友人も大勢鬼籍に入ってる。趣味の悪さなんか気にしてられるか」

和楽は全く悪びれなかった。

大曲のスイッチバックを経て、秋田駅に接近するアナウンスが入る。

「俺の人生でいくつもあった命がけの中の、一番最初のやつなんだからな」

そうして電車は、秋田駅に到着する。

窓の外の光景を見て、アイリスはぽつりとつぶやいた。

「もう三月なのに、すごい雪ね」

夜八時、ホームの照明を雪が照り返し、その光で遠くは見えなかった。

「ま、待って待って！　もう三月よ！　吹雪じゃない何なのこれ！」

「日本の豪雪地帯はこんなものですよ。ヨーロッパだって北方の国々はそうでしょう」

新幹線を降りた途端に吹きつける地吹雪にアイリスは悲鳴を上げた。

事前の用意として分厚い防水仕様のロングコートを羽織っているが、それでもなお叩きつける風が体から体温を奪っていく。

普段は和装で一貫している未晴も、今日は珍しくスノーブーツに分厚いデニムパンツにアイリスと変わらぬ防水コートを羽織っていた。

「おい、和楽。体大丈夫か」

「何だ。急に優しいな」

「お前なぁ」

虎木も和楽も同じように着ぶくれてはいるが、和楽は泰然と夜の秋田駅を眺めていた。

「ヤバイときは露骨にやばくなるらしいから、今は大丈夫だ」

風にあおられながらホームを抜け、改札を通る。

「こんな綺麗な駅になったのか」

改札を抜けた天井の高い東西通路を眺めて、虎木は万感の思いで呟いた。

「そんなこと言うってことは、まさか最後に来たのは新幹線が通る前か？　何だかんだ、もうこの駅舎になってから二十年以上経ってるぞ」

「それどころか、叔父さんが亡くなってお前と一緒に東京に出て以来、帰ってくんのは初めてだよ」

「そうか。俺は現役の間に何度も来る用事があったから、まぁ久しぶりだという気しかしなくてな。ただ……」

夜八時。さして人のいない東西通路で和楽は薄く笑う。

「さすがに、あそこに帰るのは俺もいつ以来だろうな」

そこに、未晴が声をかける。

「虎木様、和楽長官、とりあえず、まずはホテルにチェックインいたしましょう。既にホテルの玄関には、車が来ているようですから」

「あ、ああ。分かった。和楽、行こう」

「よし。ああ、アイリスさん、すまんね、荷物を持たせてしまって」

「いえ、き、気にしないでくだ、ください」

アイリス自身は京都行きに使ったリュックサックしか持たず、和楽の荷物も小さなキャスター付きトランクだけ。

大した負担もないが、西口を出た先駅前ロータリーの積雪の具合からも、都内の道を行く感覚で転がすことはできないだろう。

アイリスは更に強く吹きつける風と地吹雪に目をやられぬよう顔を庇いながら、呟いた。

「ここが……ユラとワラクさんの、故郷……」

※

秋田市内の県道を、北に向けて走る三列シートの大型のワゴン車があった。

助手席に未晴が、二列目の席に虎木と和楽が、三列目の後部座席にアイリスを乗せ、運転しているのはスーツ姿の女性だった。

「いやあこれにはさすがにわが目を疑うな。この季節に自家用車でこんな軽快に道を走れるとは。大したもんだ！」

「恐れ入ります。我らにはこの程度、造作もないこと。安全運転に務めてまいりますので、どうぞごゆっくり」

ご満悦の和楽に、運転席の女性の怜悧な声が答える。

三月の秋田はまだまだ雪に支配され、所によっては国道や県道だろうと除雪が間に合わないことも多く、山間の道では路面が凍結してしまっていることも珍しくない。

だが、今和楽達の乗る車は対向車も追随する車もない県道を、時速四十五キロのままスムーズに進行できていた。

和楽達の見ている前で、道に積もった雪がまるで意思を持っているかのように道を開け、タイヤはスタッドレスやチェーンなどでは説明のつかないグリップ力で、凍結したりシャーベット状になってしまっている道を普通の道路と変わらず摑んでいる。

全ては運転をしている雪女、白川真智の能力であった。

白川は東北地方に拠点を置く比企家配下の貴妖家の雪女であり、今回の秋田行に際して未晴が手配した雪道専用ドライバーだった。

「白川。目的の場所はまだ遠いのですか？」

「いえ、お嬢様。あと二十分ほどで到着予定です」

助手席の未晴の問いに、白川は恭しく答える。

「いや、二十分とは言うが、この辺の番地は広いからな。多分道路に車をつけてもらって、山道を少し歩かにゃならん。その間、アイリスさんと比企のお嬢さんは車で……」

「私の能力で雪を均して道を通しますので、目的地にほぼ横づけする程度までこの車でたどり着けます。ご安心ください」

「そりゃあ、大したもんだ」

事も無げに言う白川に、和楽は心底感心して頷くばかり。

「吸血鬼にも、こんな風に日常で人の役立つ能力は無いのか兄貴」

「無茶言うな。吸血鬼に限らずこのレベルのことなんて……」

「吸血鬼の皆さんは、夜目が非常に効く種族です。夜間の探し物をするのに、吸血鬼の右に出る種族はございません、和楽様」

淡々とフォローにならないフォローをされてしまい、虎木としては立つ瀬がない。

「そうですね。現代では白川のような自然現象に直接介入する能力でもない限り、多くのファントムの超常的な能力は人間の技術力で代替できてしまいますからね。戦前までは、小動物や霧に変身する吸血鬼の能力は情報伝達や探査の能力に直結しましたが、今ではスリムフォン一つあれば事足りることですし」

「お嬢様。ジャングルの中や砂漠など、スリムフォンの能力が発揮されない場所で迷った場合など、吸血鬼の能力で周辺地理の把握や情報伝達能力が威力を発揮するかと」

「その吸血鬼はまずどういう理由で砂漠で道に迷ってんだよ」

砂漠で吸血鬼が道に迷った場合、日が出た瞬間砂漠中に灰が散ってしまってたとえ夜が来ようと二度と復活できまい。

どうにもフォローの軸がずれている白川だが、運転技術と雪女としての能力は確かなようで、突然明らかに道ではないところでハンドルを切って山を登り始めても、車内の振動はいささかも変わりなかった。

「ほ、本当にこんなところにあるの？」

アイリスが不安そうな声を上げるほどに、フロントガラスの視界は吹雪と山の闇に遮られている。

ヘッドライトは三メートル先すら満足に照らしていないが、白川はよどみないハンドルさばきで進んでゆき、そして、

「到着いたしました」

ある地点で、白川は車を停めた。

そこはこの大型車が通れたのが不思議なくらいの細い獣道の先、杉林の間にある窪地で、周囲の地形のせいなのか、そこだけはほんのわずかだが風が遮られて視界が開けていた。

アイリスも、未晴も、虎木も和楽もフロントガラスの向こうにぼんやりと照らされたそれを見て、束の間黙り込む。

「どうされますか、虎木様、和楽長官。もしお二人きりがよろしければ、私達は遠慮いたしますが」

「俺達だけに意味がある場所で、見たって面白いもんじゃないが、別についてきてもらっても構わんさ。な、和楽」

「そうだな。二人には一応見てもらった方がいいだろな。どれ」

和楽は兄に同意すると、無造作に車のドアを開ける。

「足元にお気を付けください」

白川が気を遣ってくれたのか、はたまた偶然か、和楽が足をついた場所はこの豪雪にもかかわらず柔らかい土の地面がむき出しになっている場所だった。

和楽に続いて虎木が車を降り、ついでアイリスと未晴と白川がそれに続く。

ヘッドライトに照らされているのは、雪の重みと風で潰れていないのが不思議なほどの、二棟続きのあばら家だった。

夜の闇の中では、家の形をした黒い塊としか見えないそれは。

「忘れられねぇ……って思ってたんだけどな。案外周りの地形とか覚えてないな。こんなんだったか」

「五十年ぶりの帰省ならそんなもんだろう。道や建物が目印になる街中じゃないからな」

虎木由良と和楽の実家。

かつて虎木由良が十二歳まで人間として過ごし、その後二人の父が室井愛花を招き入れた、由良と和楽の本当の意味での実家だった。

良明から和楽の病の話を聞いた翌日、虎木はすぐに長年暮らした和楽の家に押しかけ真偽を質した。

その過程で和楽から詳しい病気のことを聞き出す中で、突然降って湧いたのが『相続』という生々しい話題だった。

虎木としては和楽の体調だけが気がかりだったのだが、和楽は虎木と顔を合わせた途端に、故郷に亡くなった父親の不動産をそのまま自分名義で残しており、自分が死ぬと虎木と良明、江津子に相続が発生すると言うのである。

虎木としてはそんな話をしに来たわけではなかったのだが、じゃあ今和楽の身の上で何か具体性のある話があるのかと問い返されて何も言えなくなってしまった。

現実問題として和楽の資産価値のある不動産や現金や金融資産は、妻の君江が亡くなってい る以上子供である良明と江津子に渡る。

だがこの故郷の不動産に関しては、秋田県秋田市内に住所地があるものの市の中心部からはかなり離れた場所にあり、不動産的な価値も低く、東京に生活も仕事も根拠を置いている良明と江津子には無用の長物だった。

そのため、遺言でこの土地建物だけは兄に遺そうとしたが、現実問題として兄がこの不動産の権利を欲しいか自信が無かった。

だが、虎木としても突然そんなことを言われても困ってしまうしすぐに判断もできない、と言うと、

「なら、兄貴が真面目に考えたくなるように、一度見に行ってみるか？」

何故かそういうことになってしまった。

「可能ならばアイリスさんや比企のお嬢さんにもついてきてほしいところだな」

「は？」

「俺が入院するまで間が無いが、時期的にも土地の場所的にも夜に秋田に行ったらその日の夜の内には帰って来られんぞ。だが俺も今更兄貴の灰をどうこうするほど元気が無いからな」

思わぬ話に丸め込まれてしまったが、あまりに虎木兄弟だけに限定された事情なので、いくらアイリスや未晴相手だとしてもそのために同行させるにはそれなりの理由か準備が必要になってしまう。

だが、そんなとき虎木は唐突に思い出した。

ザーカリー討伐任務からアイリスを引き離すためと優璃から託された、二十万円分の旅行券の存在を。

虎木兄弟が幼少期を過ごした実家を見に行く、という誘いを、アイリスも未晴も二つ返事で受けてくれた。

ツアーでもなければ早期割引も使えない往復の新幹線指定席四人分とツインルームのホテル二部屋一泊朝食付きで、合計十六万と少し。

一応優璃にはあの後中浦から返還命令が出ていないかどうかを確認し、良明にも和楽を長距離移動させることについて了解を取っての秋田行き。

その目的地のあばら家を、白川を含めた五人はしばし見つめる。

「どの辺だったっけな」

「さてなぁ。裏口から逃げたから、あっち側に真っ直ぐだと思うが、吹雪だったしな」

何が、とは言わない。

「ガキの足だったからなぁ。裸足だったし、お前庇いながらだから思ったほど逃げてはいなかったんだろうな」

虎木と和楽は雪を踏みしめてあばら家に近づく。傍目にはどちらが表か裏かも分からないが、虎木が和楽の足元を気遣いながら家の裏手に回り、そのまましばらく歩く。

二十歩ほど無言で歩いたところで虎木が振り返っても、別に五十年前の光景がまざまざと蘇ったりもしなければ、トラウマで吐き気を催すこともなかった。

ただそこには、五十年前に吸血鬼としての生が始まった場所と、時間の経過と雪と山だけがあった。

「東京暮らしが長くて忘れたが、俺が吸血鬼やってられた理由が分かった気がする」

「何だ」

虎木は空を見上げた。

雪と風を巻き起こす低気圧が夜の雲を渦巻かせ、存外空は黒ではなく白く見えた。

「秋の後半から春先まで、ほぼ曇りか雪だろ。普通の人間よりは、太陽見なくても大丈夫なように鍛えられてたんじゃねぇかな」

「雪国出身なら、吸血鬼生活に耐性があるってことか。そんなバカな」

和楽は凍える頬を緩める。

「で？　家はいいとして土地の境目とかあんのか？　まさか山全部とは言わんだろ」

「この雪じゃ境界石がどこにあるか分からんが、山全部の方がマシかもな。昔の書類だが、山のこっち側の斜面だけらしくて……」

雪の中でああでもないこうでもないと言いながら、少しだけ会話が楽し気な二人を、アイリスと未晴、そして白川は少し遠くから見守る。

「……六十年前のあの妖異に、まさか虎木様ご兄弟が関わっておられたとは」

「え？」

そして白川が、ぽつりと言った。

「私が幼い頃、恐るべき妖異がこの地にやってきたことがありました。山の妖や我ら雪の民も、恐れてとても近づけぬあの妖異を、まさかあの方が一身に受け止めておられたとは」

「シラカワさんは、アイカ・ムロイのことを」

アイリスの問いに、白川は首を横に振る。

「直接は存じません。当時は私も幼かったですし。ただ、後から室井愛花なる古妖がこの地にいたと知ったとき、雪の民達は大いに動揺したそうです。強い妖は存在するだけで察知されるはずが、虎木様が吸血鬼に変えられたという夜まで、存在を察知させなかったと聞きました」

「逆に言えば、虎木様が吸血鬼になった夜、室井愛花は地元のファントムに語り草になるほどの力を得ていた、ということですね」

「はい、お嬢様。ですからお嬢様からこの場所に車を回すよう指示されたときには、何事かと思いました」

虎木が吸血鬼になった夜は、地元のファントムが慄き六十年経っても語り継いでいるほどの脅威の夜だった。

それを思えば、和楽が人間のまま残され、虎木一人が吸血鬼にされただけで済んだというのは結果だけ見れば不幸中の幸いとも思える。

「アイカは六十年前の時点で名だたる古妖の一人だった。でも、テンドーさんの仰ることが本当なら、ここに来た時にはかなり弱っていたのよね？」

アイリスは、愛花が何故秋田に現れたのか、京都で比企天道が語った日本ファントムによる愛花討伐作戦の経緯を思い出して言った。

「でも、ユラ達のお父様はアイカを人間だと思っていた。つまり……」

「当時からデイウォーカーとしての能力を持っていた、ということになりますね。そしてこの周囲で人間の血を得て、力を蓄えていた」

そして十分に力を取り戻したと判断したその日、隠れ蓑として使っていた虎木家を最後の晩餐と定めた。

「でも待って、おかしいわ。アイカ・ムロイは、デイウォーカーの能力を得ていても、日中吸血鬼としての能力は使えないのよね」

「そのはず、ですが」

未晴もすぐに、アイリスが何を不審に思っているか把握する。

「アイリス・イェレイ。ストリゴイと網村は、生物種としては同じと考えてよいのですか」

「大枠で同じはずよ。私達人間が人種によって見た目や多少の骨格や肉付きの違いはあるけど、根本的には同じホモ・サピエンスであるのと同じ」

「じゃあ、あの男は」

古妖であり、ザーカリーやオールポートをして世界最強と言わしめる室井愛花ができないことを、何故あの鉈志次郎はできたのか。

鉈志は豊島中央署の留置所を、吸血鬼の能力を使って脱走している。

そしてその脱走時刻は、まだ太陽の光がある時間帯だった。

「ジロー・ナタシは捕らえたけど、デイウォーカーの調査はデータが少なくて危険が伴うわ。今は『船』の到着を待っている段階よ」

「船……ああ、あの『太陽の船』とかいう、いかがわしい船のことですね」

未晴は耳慣れぬ船の名に顔を顰める。

「いかがわしいって何よ。歴史ある神聖な船よ」

「ファントムの立場から見れば、闇十字の傲慢の象徴ですからね。あの船に捕らえられたファントムは、それこそ二度と陽の目を見ることはないわけですから」

「それだけの理由があるファントムがあそこに捕らえられているのよ。……とにかく、デイウォーカーについては現代でも分からないことが多い。ナタシの力は吸血鬼としてはそこまで強いものではなかったけど、戦闘とは違う場面で生きる能力があるのかもしれない。アイカはデイウォーカーとしての力が低い分、夜に圧倒的な力を持つのかもしれない。ナタシは闇十字にとって久しぶりのデイウォーカーサンプル。全ては船の研究待ちよ」

そのとき、虎木と和楽がのそのそと三人のところに戻って来た。

「もうよろしいのですか」

白川がさっと二人に手をかざすと、全身に張り付いていた雪や氷が弾かれたように足元に落ちる。

「やあ、すまん。本当に雪女さんの能力は大したもんだ」

和楽は、ただ一人雪の一片すら服についていない白川を見て感心する。

「比企のお嬢さんもアイリスさんも、俺と兄貴のためにわざわざこんな辺鄙なところまでつきあってもらってすまんね。この通り、感謝する」

「虎木様の人生にとって大切なことは、私にとっても大切なことですから」

「い、い、いえ、そんな、私は……」

「二人のどっちかが兄貴と添い遂げるだなんて軽はずみなことを言うつもりはない。だが俺の子供たちよりも、きっと二人の方が兄貴の人生の近いところにいる。もし俺がおっ死んで、兄貴も愛花に負けちまって、まぁ早い話がどうにかなってしまった場合、すまないが、こういうものがあったということを、他の誰かに知っておいてほしかったんだ」

「気を強くお持ちください、和楽長官。御子息や御息女にとって、御父上が大切になさった場所を大切にしない理由はありません」

「俺が死んで、兄貴が死ぬか人間に戻るかしたら、それこそあいつらにとってここは単なるお荷物でしかない。俺の我儘で残しちまった場所だ。兄貴が人間でいた場所を、俺が生きている間は手放したくなかった。今じゃ処分しようったって誰も買い取らないような不良債権だ。俺が死んだら兄貴の責任で何とかしろと、さっき言っておいた」

「ワラクさん……」

「まぁ、だからな」

和楽は楽し気に笑う。

「すまんが、この兄貴と一緒になろうとしたら、固定資産税ばっかりかかる面倒な雪山の土地がついてくるってことだけ、了解しておいてくれ」

「え、あ、え、わ、わ、ワラクさん⁉」

和楽のストレートな物言いにアイリスは慌てふためき、

「何なら比企家の力で、虎木家の遺産として未来に語り継いでいけるよう保護していきます」

未晴は澄まして大見えを切り、

「雪山の何がご不満ですか」

白川は関係の無いところで少し口を尖らせ、

「……」

虎木は顔を覆って黙るだけ。

「さて、虎木様と和楽長官がよろしいのでしたら、そろそろホテルに帰りましょう。流石に私も、少し寒くなってまいりました」

「ああ、そうだな」

未晴に促され、和楽が一歩踏み出し、

「あの、その、嫌じゃないんです！　嫌じゃないんですけど、きゅ、きゅ、急にワラクさんに言われたら、その、あの」

アイリスがまだ顔を赤くして慌てふためき、

「俺が一番恥ずかしいからそれ以上やめてくれ」

それを虎木が宥めようとしたときだった。

「っ!?」

「あ」

「む」

白川が最後尾のアイリスを庇いながら、あばら家に向き直る。

それと同時に虎木と和楽も、顔を上げて旧宅を振り向いた。

「ユラ？　ワラクさん、どうしたの？」

「白川、どうしたんですか」

「……い、いえ」

「いや……」

「今、何か……」

黒いあばら家を背景に、一瞬何かが立ち上ったような気がした。

人の形をした黒い影に、赤い瞳の光が揺れていたような気がした。

だがよく見るとそれは、あばら家の前に生えていた南天の木から雪が落ち、赤い実がヘッドライトに照らされて揺れているだけだった。

「……あんな木、あったか」

「いや……鳥か動物が種を運んだんだろ」

虎木も和楽もどこか固い口調でその木を確認し、白川も大きく息を吐いて緊張を解く。

だが、如何に冬の長い雪国であろうと、実をつけるにはやや季節外れなその南天が虎木と和楽と、そしてこの地に根差すファントムである白川の奥底に眠る、室井愛花という吸血鬼へのトラウマとも呼ぶべき恐怖を思い起こさせたことだけは確かだった。

全員が車に戻り、白川が切り返してヘッドライトからあばら家が消えたとき、車内にはどこか弛緩した、安堵の空気が立ち込める。

白川の力で雪道を戻った車のフロントグラスにやがて市街地の光が見えてきたとき、

「吸血鬼も、光を見て安心することってあるんだな」

虎木はそう呟いたのだった。

※

「大分雪は落ち着いてきましたね。あの時間だけ、猛吹雪だったんでしょうね」

秋田駅からほど近い市街地にある、シティホテルのシンプルな内装のツインルームの窓際の椅子に腰かけて、未晴は窓の外を見る。

高層階から見える秋田市の夜景は雪に満ち満ちていたが、虎木家旧家からホテルに戻って一時間もした頃には、すっかり雪も風も止み、静かな夜が広がっていた。

「お待たせ、ミハル。シャワーどうぞ」

シャワーを浴びていたアイリスがユニットバスから髪をバスタオルで拭いながら現れるが、

未晴はそちらには目もくれない。

「私は後で大浴場に行きますから結構です」

言いながらも未晴の手にはスリムフォンが握られており、せわしなく指が動いていた。

「仕事？」

「ええ、まぁ」

未晴の返事はそっけない。

元々別に仲の良い関係でもないし、アイリスが虎木への好意を隠さなくなってからは最早犬猿の仲と呼ぶにふさわしい間柄だ。

「ちょっとドライヤーでうるさくするわよ」

「ええ」

だが、アイリスも未晴も、和楽がいる場所でみっともなく争うほど無神経でもない。

虎木と和楽の六十年に及ぶ旅の終点、その間際に立ち会っているのだと思うと、思慕の情を越えた厳粛な思いも抱こうというものだ。

そのまま十五分ほどアイリスが長い髪を出力の弱いドライヤーで乾かした後、アイリスは自分のベッドに寝転がって大きく溜め息を吐いた。

「ミハルって、日本中にシラカワさんみたいな人がいるの？」

「白川のような、とは？」

「つまり、あなたの部下というか、声をかければついてきてくれるファントムというか」

「まぁそうですね。貴妖家の方なら、大体は声をかければ。もちろん比企家は王ではないので、きちんと日頃のお付き合いをした上ですけど」

「シラカワさんて、普段何してる方なの」

「彼女自身は市役所にお勤めです」

「へぇ……」

「何ですか、さっきから」

「ううん。地元のファントム、っていうのがちょっと、気になっちゃって」

「はあ？」

「シラカワさんみたいに、まるっきり人間と変わらない外見で人間の社会で立場がある人でも、人間じゃなく、ファントムのまま生きたいって思ったりするのかなって」

「与太話なら付き合いませんよ。仕事中だと言ったでしょう」

「……ごめん。でも、ナタシのことがどうしても気になって」

「何だと言うんです」

アイリスが話すのを止めない様子なので、未晴も仕方なくスリムフォンを置いて顔だけアイリスを見た。

「都内の吸血鬼殺害事件は、デイウォーカーが同族から心臓を奪う目的で起こしたもの。現状でその最有力の容疑者はナタシ。これは間違いないわ。でも……ナタシはどうして突然、同族を襲い始めたのかしら」

「何か、鉈志次郎にしか分からない理由があったんでしょう」

「うん。でもね、例えば吸血鬼が力を蓄えたいなら、人間の血を吸えば良いわけでしょ？　吸った相手を吸血鬼にするしないは選べるし、殺さない程度に吸えば足がつく可能性も低い。なのにどうして闇十字やヒキファミリーのお膝元で、あんなことしようとしたのかなって」

「それを調べるのも、奴を捕らえている闇十字の仕事でしょう。折角ジェーン・オールポートがいるんですから、デイウォーカーの一人や二人、船の到着なんて待たずにさっさと取り調べればいいんです。ここであれこれ想像したって答えなんか出るはずないでしょう」

「それは、そうなんだけど……」

身も蓋もないが、そうと分かっていてもなお、ぐるぐると思考を巡らせるアイリスを見て、未晴は聞えよがしの溜め息を吐いた。

「烏丸の革命の話、覚えているでしょう」

「え？　ええ」

「白川家は、烏丸家と並んで貴妖家では大きな家です。ですが雪女の伝承が示す通り、雪女の一族はそもそも、自分達の正体が人間に明るみに出るのを良しとしません」

洋の東西を問わず、雪の世界の妖は自分のテリトリーを出たからず、己の存在を人間に知られることをひどく嫌う。

だがその一方で人の世の理には通じており、気まぐれで人間の世界と関わり人助けをする伝承も枚挙にいとまがない。

日本には、助けた男に自分の存在を秘匿させ、その約束が果たされているかどうかを確認するためにわざわざその男の元に嫁入りするという、かなり人間に対する興味と警戒をこじらせた雪女の伝承がある。

「今回虎木（とらき）家への案内に最適だと思いコンタクトしたところ、あと一日早かったら、仙台で行われる男性アイドルのイベントに行っていて留守だったと言っていました」

「はぁ？」

「彼女は雪女であることを隠すことになんら負担を感じておらず、彼女の好きに今の人間社会の中で生きていると言う話です。まぁ、雪女みたいに全く人間と区別がつかない外見を持っているからというのもありますが、そうでなくとも烏丸（からすま）の革命に賛同しないファントムは多くいます。自身の存在が陽の光にさらされたところで『自身の種を認識される』以外のメリットは基本的に皆無なんですから、当然です」

「まぁ、確かにね」

「烏丸（からすま）の革命の理屈は、実際は人間の世界の理屈から抜け出ていません。要するに、恵まれない環境にある者達を蜂起させて状況を打破しようと言う、人間が歴史上飽きるほど繰り返してきたことをなぞっているだけです」

革命とは、結局のところ民の安寧を実現するための権力闘争の一形態でしかない。

烏丸(からすま)の場合、これまで闇に押し込められてきたファントム達を白日の下に晒(さら)すことで、彼らの生存と安寧を確実なものにすることが革命の第一目標として掲げられていたが、それにかかる『代償』に選ばれる者は、決してその革命を支持しない。

これもまた、人間の歴史の中で当たり前のように起こって来た事実だ。

「人間の社会に沿って生きているファントムであれば、その理屈や行動原理は決して人間の理屈を抜け出ない。比企(ひき)家の私が言うんですから間違いはありません。だから銘志次郎(なたしじろう)の思惑は、人間の視点で考えて問題ないはずです」

「それはちょっと乱暴なんじゃないかしら」

「そんなことはありませんよ。それまで闇に紛れて静かに生きてきた吸血鬼が、突然デイウォーカーの能力を必要として同族を殺さざるを得なくなった事情は何か、と考えれば、おのずと選択肢は限られてきます」

「じゃあ、ナタシがアイカにもできない『日中に吸血鬼の能力を使える理由』は?」

「それは吸血鬼の能力の話であって、思想や哲学の話じゃないでしょう。同族の心臓を食べれば一日デイウォーカーになることや、白木の杭(くい)と銀の弾丸じゃないと殺せないことは生物とか医学とかの分野です。強い吸血鬼の心臓を食べればとか、ぼんじりやふりそでやちょうちんのような希少部位を食べればとか、そういうのがあったりするんじゃないんですか」

「焼き鳥食べたくなっちゃうからやめてよ。吸血鬼のぼんじりってどこよ」

「焼き鳥の希少部位の名前は知ってるんですね」

　ネイティブと遜色ない日本語を操りながら、たまに慣用句などを知らないことのあるアイリスが、焼き鳥の希少部位の名前を知っていることに未晴は少し驚いた。

「虎木様に教わったんですか」

「違うわよ。日本語学習用のテキストに、お蕎麦屋さんと焼き鳥屋さんとお寿司屋さんの注文ＦＡＱが載ってたから覚えてただけ。なんでもかんでもユラ任せだと思わないで」

　ぼんじりやふりそでやちょうちんを掲載する焼き鳥屋注文ＦＡＱとは通なテキストもあったものだ。

「でも、今回はちょっと嬉しかったわ」

「何がです」

「ユラに、初めて頼ってもらえた」

「はん？」

　シャワー上がりとわずかな睡魔で頬が染まり声が柔らかくなるアイリスに対し、未晴の声のトーンが、五段階低くなった。

「知り合ってからずっと、私からユラにお願いしてばっかりだったから。ワラクさんのことで頼ってもらえたのが、凄く嬉しい」

「知り合ってからずっと虎木様のために心を砕き続けてきた私とこのポンコツを同列に扱うなんて、和楽長官も人を見る目が無いったら……ここがサンシャインなら、目にもの見せてやったものを……ん？」

「あら？」

そのとき、未晴とアイリスのスリムフォンに同時に着信が入った。

「梁 詩澪？ なんですかこんなときに」

未晴には詩澪から電話の着信。

「あら、リサちゃん。さすがに夜中の十時に遊びたいはないわよね。明日か明後日に遊びの予約かしら」

アイリスには理沙から、ＲＯＰＥのビデオ通話だった。

このまま話し続けるとどこで闘争のゴングが鳴るか分からなかったため、未晴は詩澪からの通話を取る。

アイリスは未晴のその様子を見て、会話が混ざらないようにベッドから立ち上がると部屋の玄関側に移動して理沙の通話を取った。

そして。

アイリスと未晴の部屋の隣のツインルームでは、虎木と和楽がめいめいにくつろいでいた。

虎木はテレビを見ながら、和楽は持ってきた文庫本を読みながら。

「兄貴はここでも風呂で寝るのか」

「一日だけならなんとかなる。そのために風呂トイレ別のホテルわざわざ選んだんだから」

「普通の寝床にでかいシートとか敷いてそこに寝るんじゃダメなのか」

「昔から言ってんだろ。感覚的には常人が全身火あぶりにされるくらい熱いし痛いから、風呂で寝て体バキバキになる方がずっとマシなんだ」

「常人に火あぶりの感覚は分からんが、しかしまぁ、兄貴に旅行に連れてきてもらえるとはな。長生きはするもんだ」

「別に俺の金ってわけじゃないけどな」

「ある意味兄貴の稼ぎだろう。闇十字からの迷惑料と思えば。ところで、兄貴と旅行するのなんかいつ以来だか忘れたから考えなかったが、ホテルに一泊するなら、どんなにのんびりしてもチェックアウトは午前十一時だろう。明日はどうやって夜まで過ごすんだ」

「……あ」

「まさか考えてなかったのか」

和楽が初めて文庫から目を離し、苦笑する。

「とにかく急ぎで、新幹線の都合もあって一泊しか考えてなかったからな……灰になって駅のロッカーにでも入れておいてもらうか？」

「おいおい。帰りの新幹線、確か夕方発だったな。普通の人間のタイムスケジュールじゃないか。灰になるのはいいが、それまで俺一人でアイリスさん達とどう過ごせばいいんだ」

「雪は止んでるみたいだから、秋田城址公園とか案内してやれよ」

「一応もうすぐガンで入院する年寄りだぞ。無茶言うな。雪が止んでるからって都会暮らしに染まった年寄りがほいほい歩ける街じゃない」

「うー、じゃあどうすっかな……」

急いでいたとはいえ、少し無計画が過ぎたことを反省しつつ、明日日が昇ってから夜が来るまでの自分の身の処し方をどうするか、虎木が悩み始めたときだった。

突然部屋のドアが激しくノックされ、二人ともハッと顔を上げる。

「ユラ！　ワラクさん！　まだ起きてますか！」

「何事だ、一体」

「分からんが、あまり愉快な用事じゃなさそうだ。待てアイリス。今開ける」

怪訝な表情で立ち上がった虎木が部屋のドアを開けると、外にはホテルの浴衣を纏ったアイリスがいて、その顔色は夜の雪のように青白かった。

「ユラ……どうしよう、信じられない、こんな……こんなこと……」

「おい、どうしたんだ」

「リサちゃん……リサちゃんから電話があって……」

「また何かあったのか⁉」

理沙の名を聞いて虎木の眉間の皺が濃くなる。

鉈志に関わるトラブルはさすがにあり得ないだろう。だが理沙に関わるトラブルは二度とも遅い時間だった。

また何か、面倒事に巻き込まれてしまってアイリスに連絡してきたのだろうか。

そんな虎木の想像を、超える事態が起こる。

「白川。もう一度ホテルまで車を。すぐに秋田空港まで……一時間半⁉　使える機が仙台空港にしか……できるだけ急がせなさい！　また連絡します！」

隣の部屋から未晴が飛び出してきて、アイリスを押しのけて虎木達の部屋に入ってくる。

「和楽長官、申し訳ありませんが、私達と虎木様は一足先に東京へ戻ります。明日、和楽長官の東京帰りには、白川を付き添わせますのでご安心ください」

「お、おお？」

「おい未晴。どうしたんだよ。アイリスも、一体何が……」

「虎木様と私とアイリス・イェレイは、これからすぐに秋田空港に向かいます。一時間半以内に仙台空港から比企家のプライベートジェットが参りますから、それに乗ってすぐに東京に戻ります」

「待て待て落ち着け！　一体何がどうなってそんな話になるんだ！」

虎木の質問に未晴が答えるよりも前に、未晴のスリムフォンにまた着信が入る。

「アイリス・イェレイ。あなたが事情を説明なさい！　私は急ぎサンシャイン外の人を手配します！　……ええ、ええ……だからそう言うとるやろ！　ごちゃごちゃ言わんと……」

未晴はせかせかとまた新たにどこかに電話をかけ、その向こうにがなりながら部屋へと戻って行った。

「わ、分かったわ……」

電話を手にまた部屋に戻ってしまった未晴に代わり、アイリスが緊張気味に言った。

「落ち着いて聞いて。まだ私も信じられないんだけど……」

アイリスは震える声で言った。

「リサちゃんが……リサちゃんが、サンシャインの東京駐屯地を制圧したの」

全く何を言っているのか意味不明だった。

理沙が、闇十字の駐屯地を、制圧。

「何を……何を言ってんだ。何がどうなってそんな……」

「シスター・オールポートが血を吸われて戦闘不能になってるの！　駐屯地とも連絡がつかない！　ミハルのところにはシーリンから同じ内容の電話があったわ！　アミムラがリサちゃん

達に捕まってるって、ヴェア・ウルフのサガラがコンビニに駆け込んできたって……」

「待て、待て待て。何だよそれ！　どういうことだ。網村が捕まった？　オールポートが戦闘不能!?　まさか、鉈志か!?　やっぱりあいつ、古妖クラスの……」

「リサちゃんなのよ!!」

状況を呑み込めない。いや、呑み込みたくない虎木に、アイリスが絶望的な表情でスリムフォンをつきつけた。

そこには、倒れ伏すオールポートの頭に足を乗せ、自分の唇をめくりあげて血の滴る吸血鬼の牙を見せつける理沙の写真が表示されている。

背景に写っている闇十字の執務室らしき壁掛けのデジタル時計は、午後二時を指していた。

「リサちゃんは、デイウォーカーだったのよ」

「そんな……バカな……」

※

雪は止んだはずだが、開けた場所で吹き荒れる風が積もった雪を噴き上げて地吹雪が飛行機を叩きつけていた。

ほぼ照明が落ちている秋田空港のターミナルを抜けた先に、小型ジェットが鎮座している。

「ミハルって本当にお金持ちなのね……」

比企家のプライベートジェット。

三十席ほどの小型機がエンジンを唸らせ、既にスタンバイを終えていた。

地吹雪に体を叩かれながら虎木とアイリスと未晴が乗り込むと、

「シートベルトをつけてください。すぐに出発しますよ」

三人がシートベルトをつけるのを待ちかねたかのようにすぐに飛行機が離陸用滑走路へと動き出す。

「こ、これにかかる金ってヘリ動かすどころの騒ぎじゃないよな？」

「今回はデイウォーカーに出し抜かれた間抜けの闇十字騎士団長に請求しますから虎木様もアイリス・イェレイも心配しないでください。小型機ですから、揺れますよ」

「も、もう出るの……うわあっ⁉」

エンジンと機体の激しい振動がシート越しに伝わって来たと思ったら、急激なGが全身にかかり、あっという間に飛行機は秋田の夜空へと飛び立った。

「一時間もすれば東京に到着します。それまでに作戦を確認しますよ」

飛行が安定すると未晴がシートベルトを外して虎木の横に立ち、未晴の厳しい声色に虎木もアイリスも表情を引き締める。

「確認します。敵はサンシャインの闇十字騎士団駐屯地を制圧しています。今夜日が昇る前に虎木様を出頭させなければ、一党の吸血鬼を街に放ち、無差別に人間から血を奪うと予告しています」

ホテルの騒動の後、アイリスのスリムフォンには、改めて理沙から動画が送られてきており、今未晴が言ったような内容をあの理沙がそのまま告げていた。

曰く、

「アイリスさんに電話しただけじゃ、もしかしたらお兄ちゃんが信じられないかと思って」

らしい。

「一体何のためにそんなことを……」

「これまでの経緯を考えれば、虎木様のハートを狙っているのでしょうね」

「ミハル、言い方」

「ですが、それなら闇十字騎士団を制圧するなどという危険を冒すはずがありません。虎木様を呼び寄せたいのは本当なのでしょうが、奴らの狙いは他にもあると考えるべきです」

「奴ら……一党……理沙ちゃんと鉈志以外に吸血鬼の影は見えなかったよな」

「誰かいないのですか、羽鳥理沙に近しいと思われる者は」

「……まさか出日さんと、理沙ちゃんの親父さんが？」

「出日の苗字で吸血鬼なのだとしたらこんな皮肉はありませんね。しかもそれがデイウォーカーなのだとしたら、皮肉を通り越してお笑いです」

未晴は忌々し気に吐き捨てる。

「ミハルのオフィスのファントム達はどうしてるの?」

「梁 詩澪のところにいる相良の連絡によると、比企家も監視下にあるようですね。サンシャインのオフィスには手練れのファントムも詰めていますが、敵の陣容が確定していない以上、迂闊に動けません。闇十字の連中などどうなっても構いませんが、敵の吸血鬼が街に解き放たれれば、追跡は困難ですから、自重するよう指示してします」

秋田駅前は一部の飲食店を除けばほとんどの店が閉まっていたので、つい深夜のような気がしたが、時計を見ればまだ夜の十時半だった。

流石にサンシャインの中の店やレストランは閉まっている時間だが、オフィスビルの側面もあるサンシャインにはファントムと何ら関わりの無い普通の人間が残っている可能性は十分にあり、周囲の繁華街や駅前は終電も近い時刻ではあるが多くの人々で賑わう時間帯だ。

もし理沙の手勢が樹里や父親と名乗った男だけだとしても、一人が雑踏に紛れればもう、追跡は困難になり犠牲は増えることだろう。

「羽鳥理沙はサンシャイン到着時に虎木様ご自身から連絡させるようにと指示してきました。ここを外すと余計な面倒が起こるのは確実なので、従わざるをえません。ですが私とアイリス・イェレイが今この瞬間に虎木様と一緒にいることは知られていないので、そこを突きます。先日の雑居ビルでも、私は彼女と顔を合わせませんでした。ですからアイリス・イェレイと私は、虎木様を囮に別の場所からサンシャインに侵入します」

「それで、シスター・オールポート達が危険な目に遭ったりしないかしら」

「知ったことじゃない、と言いたいところですが、彼女達が吸血鬼化されても面倒です。あのジェーン・オールポート相手に羽鳥理沙ごときがどんな手を使ったのか分かりませんが、比企家には吸血鬼の被害に遭った人間のための輸血用血液が常備されています。彼女達を保護し次第比企家のフロアに収容し、対抗戦力として復活してもらいます」

「人間は抜かれた血を戻されたからってすぐに復活しないぞ」

虎木は思わず突っ込むが、未晴は素知らぬ顔だ。

「ジェーン・オールポートとシスター中浦くらいは復活してもらわないと、比企家からの請求が天井知らずになると脅しをかけます」

「脅しの問題でも……いや、いいや」

これ以上突っ込むのも無意味だと思った虎木は言葉を濁した。

「最も大きな目標は敵の首魁と思しき羽鳥理沙の制圧、または討伐」

討伐、という単語に虎木とアイリスの顔が険しくなる。

正体はどうあれ、理沙の外見は十二歳の少女だ。

吸血鬼である以上外見年齢と実年齢は関係が無いが、それでも少女の体に白木の杭や銀の弾丸を打ち込むようなことはしたくなかった。

「その過程で必要なことが、ビルから出ようとする不審者のチェックと、闇十字の騎士たちの救出、可能ならば出口の封鎖です」

「三人でできることじゃないだろ。いや、俺は敵陣に乗り込むんだから実質二人か」

「不審者チェックは、ビル外に住んでいるファントムを動員します。既に梁詩澪にも相良にもサンシャインの外を張らせています」

「サガラって、怪我してシーリンのところに行ったんじゃなかったっけ……ていうかコンビニのお仕事大丈夫なのかしら」

未晴はかなりヒリついているが、サンシャインのお膝元でファントムが傍若無人な振る舞いに及んでいればそれもやむを得ないのかもしれない。

『現地到着まで、およそ十分です』

そこにコックピットからアナウンスが入る。

「え？　もう着くんだ。飛行機だとこんなに早いのか」

未晴は小さく頷くと、改めて二人を見据えた。

「虎木様。アイリス・イェレイ。一つ提案があります。今回、敵の陣容が不明です。しかも大勢の同族を殺害しているデイウォーカー。虎木様の身の安全は保証されません」

「いや、まぁそういう言い方をすりゃそうだが」

「到着まで少しだけ時間があります。アイリス・イェレイ。少しで構いません。虎木様に血を提供なさい」

アイリスは息を呑み、虎木も眉間にしわを寄せる。

言わんとすることは分かる。虎木が人の血を飲むことを良しとしていないことを理解した上で言っているということも。

「私の血ではファントムの血筋ですからどんな影響があるか分かりません。今ここで実験することはできませんし、その点アイリス・イェレイは人間です。本当なら……本当なら私が、私が……虎木様の手で、帯を解いていただいて……くううっ！」

突然比喩表現的な意味での血の涙を流し始め、二人はたじろいでしまった。

だが、未晴の提案は極めて理にかなっているため、単純に切って捨てることもできない。

アイリスは少し逡巡した末、

「……私は……ユラがいいなら、いい、わよ」

観念した様子で伏し目がちに言いながらセーターの下のブラウスのボタンを外して首筋と肩を露出させようとしたため、

「あうっ!?」

「アイリス・イェレイっ！　どういうつもりですかっ!!」

脳天に未晴の手刀を喰らってしまった。

「ミハルが言い出したんでしょ！　いきなり何するのよ！」

「なんていやらしい！」

「はあ!?」

シートをもぎ取らんばかりに突然沸点に達した未晴にアイリスは驚き、虎木は頭を抱える。

「いや、アイリスもお前言い方ってもんが……」

「だ、だって、吸血鬼の吸血って言ったら首筋じゃないの!?」

「私が許しませんっ!! 私だってそんなことしてもらったことないのにっ！」

「ミハルあなた言ってること滅茶苦茶よ!!」

「いや、二人とも落ち着けって。血は羽田についてからでいいだろ。比企家のパイロットならファントムの事情は分かるわけだし……」

「ゆ、ユラは私よりもパイロットの男の人の方がいいの!?」

「だから言い方！　いや、ただ無理に選択肢を絞る必要はないってだけで……と、とにかく、羽田から池袋まで移動するのに時間があるだろ。羽田から池袋の道中ならどっかですっぽん料理屋に立ち寄って……」

これから大勢の人間の命を賭けて敵地に向かおうとしているのに、道中すっぽん料理屋で一杯ひっかけようとするのはあまりに悠長すぎる。

「残念ですが、この飛行機の行き先は羽田ではありません。血を吸うならもっといやらしくない他の方法を考えてください！」

「いやらしくない他の方法って……」

アイリスは吸血の方法で頭が血でいっぱいになっているようで聞き逃したが、虎木は未晴が吸血以上に妙なことを言い出したことに気付いた。

「羽田行きじゃないって、じゃあ成田か？　成田の方が遠いだろ。この時間じゃ終電も……」

東京に向かう飛行機の目的地と言えば羽田か成田という固定観念を抱いている虎木に、未晴は更に斜め上のことを言い出した。

「成田でもありませんよ。この飛行機の行き先は伊豆大島です」

「伊豆大島⁉　な、何でそんなところに……」

池袋に急ぐと言っているのになぜ伊豆大島の空港を目指しているのか。そこに、

『お嬢様。目的地まで残り三分です』

またアナウンス。

「え？　ま、まさかもう伊豆大島⁉」

「でも窓の下は普通に陸地よ？　街の光が見えるわ」

困惑する虎木とアイリスを横目に、未晴はどこからともなく黒く大きく四角いバックパックのようなものを二つ取り出し、

「え」

「百席以下の小型機は原則として羽田空港には着陸できないんです。そして成田は今仰って

いたように、池袋まで遠すぎる。終電の時間には間に合いませんし、車で都心に戻るには時間もかかりすぎです」

「いや、おい」

それを虎木とアイリスにそれぞれ渡し、

「かといって調布の飛行場だと飛行計画の問題で目的地までたどり着けませんし」

自身は同じものを背負い、体の前でハーネスを固める。

『残り一分です』

「いや、いやいや待て待て。未晴、お前まさか」

気が付くと虎木とアイリスは席を立たされ、未晴と同じバックパックを背負わされていた。

「ちょ、ちょっとミハル？　なんで入り口の方に行くの？　それ、飛んでる間にいじっちゃダメなやつじゃぐぇっ！　ちょ、ちょっと待って！」

未晴はじりじりと距離を取ろうとするアイリスを捕まえて引きずり倒す。

「操作は簡単ですから。ここのレバーを引っ張ればいいんです。はい、ゴーグル」

「ちょっとちょっと待って待って待ってまさかっ!!」

「開くのに失敗したら多分死ぬと思うので、虎木様、先程の方法以外で、アイリス・イェレイから血を吸う方法を考えてくださいね」

「おい未晴！　待てそれは!!」

「行きますよっ‼」

その瞬間、なんと未晴は飛行中の飛行機のドアを開け放った。

機内が急激に減圧し、

「うおおおおおお⁉」

「いやあああああ⁉」

次の瞬間、三人は抗う間も無く気圧差に吸い寄せられ、夜空に放り出された。

『お嬢様、皆様、グッドラック』

「うるせええええええ！！！」

機外に引きずり出される直前に聞こえてきたパイロットの声に虎木は全力で絶叫した。

「いやああああああああああああああああああああああああ⁉」

「精神修養がなってないんじゃありませんか！　手を離しますよ！」

「待って待ってミハル待って手を離さないで‼　これってパラシュートなの⁉　引っ張るレバーってこれでいいの⁉」

「何言ってるのか全然聞こえませんね！　あんまり早く広げると気流に流されてとんでもないところに飛んでいきますが、遅すぎると地面に叩きつけられますからタイミングは間違えないように！　それでは！」

「待ちなさいよおおおお⁉」

虎木より一瞬早く未晴とともに放り出されたアイリスは、未晴にリリースされてしまい空中で姿勢が制御できず、高空の気流に巻かれてもんどりうってしまっている。

スカイダイビングを映像で見ると、単純に両手両足を広げれば安定して落下できるような印象があるが、それは正当な手順を踏んで飛び出した場合だ。

航空機事故のように空中に放り出され、周囲は夜ではっきり『下』を探し出すのが困難で、その上空中は水中とは違い空気の泡が手がかりにならず、姿勢制御は困難を極める。

更にアイリスも虎木も寒さに強くてもスカイダイビングに適しているとは到底言えない服装なので、それらの装備が細かい気流を生んで余計に体を翻弄するのだ。

「アイリス、落ち着け!!」

「ぎゃんっ!!」

虎木は手足を体に沿って真っ直ぐ伸ばし、落下速度を加速させてパニックに陥っているアイリスを抱き留めると、アイリスは奇妙な叫び声を上げた。

「落ち着け！　息できるか！」

「できない！」

「よし大丈夫だな！　そんなにビビるな！」

「無理よ！　ゴーグルズレそう！　どこに向かってるの!?　ミハルはどこ！」

「俺達より少し先に飛んでるな」

「まだ開いちゃだめなの!?　地面はどこ!?　全然見えないわ!!」

「俺は見えてる！　まだ大丈夫だ！　だから落ち着け！」

「こ、こんな落ち方してどうするのよ！　池袋の街中にパラシュートなんかで落ちたら大騒ぎよ！　作戦もクソもないじゃない！　私この光の中からサンシャイン選んで落ちられる自信無いわよ!!」

「ああ、そうだな！　俺だって無ぇよ！　そんなの分かってる！　ああクソ!!」

虎木(とらき)は全身を切り裂く風の流れの中で先に進む未晴(みはる)を恨めし気に睨(にら)んだ。

「分かったよ！　やりゃあいいんだろやりゃあ!!」

「えっ!?　あ、待ってユラ！　離さな……！」

虎木(とらき)は抱き寄せていたアイリスの手を握ったまま少しだけ距離を取り、

「……えっ」

夜空を真っ逆さまに落ちながら、その手の甲に口をつけた。

パニックに陥っていたアイリスの叫び声がその一瞬で消え、

「あ……んっ？」

次の瞬間、手の甲に一瞬だけ痛みが走り、僅かに指先が冷たくなる。

だが、それ以上に男性に手を取られ、手の甲に口づけされたということの状況が、アイリスの全身の血を沸騰させた。

「初めて会ったとき以来だな」

虎木の唇がアイリスの手の甲から離れると、アイリスの手の甲にはわずかな血が浮かんですぐに消えた。そして同時に、虎木の全身が夜空に溶けてアイリスを包み込む。

「ユラ……私……」

「お互い、今回だけだ」

黒く温かい霧の中で、虎木の厳しい声が響く。

それは、アイリスの好意に甘えて血を吸うことに慣れてはならないという虎木の戒めであった。

容易に血を吸い、容易に力を得れば、行き着く先はただの『吸血鬼』であり、その精神性を手に入れてしまえば、虎木は人間には戻れなくなる。

「……うん」

アイリスは小さく頷いて、摑むべくもない黒い霧の中にある虎木の手を摑もうとした。

アイリスもまた、血を与えることに慣れてはいけない。

それは修道騎士としてあってはならないことで、愛した人が人間に戻る道を断つ究極の諸刃の剣だ。

だが、それでも。

この先いずれ愛花と戦うとき、そのときくらいは。

そう口を開こうとしたアイリスの手を、

「何を色気づいた顔してるんですか!!」

「ひっ⁉　み、ミハル⁉」

いつの間に接近していたのか、未晴が虎木の黒い霧を割ってアイリスの手を摑んでいた。

「日本人には手の甲にキスなんて文化はありませんから、勘違いしないようになさい！　あくまで先ほどの虎木様のアレは、あなたの血を吸うための手続きですから！」

一体どこから見ていたのか、アイリスはこの高空にもかかわらず急激に頰が熱くなってくる。

「もし俺が意地張って吸わないって言いだしたらどうしてたんだよ」

霧の中から虎木が問いかけると、

「こうでもしないと虎木様はきっと血を吸わないと思いました！　早く決断していただいて何よりです。そのバックパック、パラシュートは入っていませんから」

「え」

「……未晴……お前……」

未晴はすました顔でとんでもない事実を告げる。アイリスは顔面蒼白になり、虎木も呆れたように霧を震わせた。

「さ、虎木様。サンシャインの屋上はもう間もなくです。アイリス・イェレイにした分、私を優しくエスコートしてくださいな」

未晴は悠々と虎木の霧に抱かれ、眼下に迫った池袋の夜景の中から一点を指さした。

「俺がお前と付き合いたがらないの、そういうとこだからな」

「いずれ私無しではいられないようにして差し上げます。比企家の財力と総力を挙げて」

「ちょっとミハル！」

「あら、同僚も上司もデイウォーカー如きに全滅させられた上、虎木様に頼ってばかりで日常生活もままならない方が何か？」

「〜っ‼」

「頼むから……こんなときまでケンカすんなよ……」

想いを寄せてくれている女性二人の手を引いて、都会の夜空をエスコート。

傍から見ればいっそ冗談のようにロマンチックな光景だが、この両手に花は水と油、龍虎相摶の呉越同舟であり、目指す先は吸血鬼の牙城と化したサンシャインのビルだ。

「こういうんじゃないんだって、何度思ったか分からねぇや」

虎木が両手に華になると、いつもいつもロクなことにならない。

そしてきっとそれは未来永劫そうなのだろうと、未晴を悔し気に睨むアイリスと、泰然としながら霧に包まれ腰かける未晴を見て思うのだった。

※

夜のサンシャインを見上げても、まるで普段の様子と変わらなかった。

灯りが点いている階もあればそうでない階もあり、オフィス棟も付随するホテルとそのロータリーも、虎木の知るいつもの様子と変わらなかった。

「お兄ちゃ――――ん！」

「……お待ちしていました」

虎木がホテルのロビーに立って、こうして理沙と樹里の出迎えを受ける光景も、きっと傍から見れば全くもって普通の光景に見えることだろう。

ロビーを自然に駆け寄ってくる理沙に虎木は思わず身構えるが、

「つーかまえたー！」

立ってお辞儀する樹里と立ち尽くす虎木との間、僅か三歩の距離のところで理沙の輪郭が歪み、次の瞬間には虎木の腰に理沙が抱き着いていた。

「っ」

「ダメだよー。今逃げようとしたでしょ？」

抱き着かれて見上げてくるその顔も言葉も年齢相応の子供のもの。

だが三歩の距離をロビーのホテルスタッフの視界を盗んで何らかの術で瞬時に移動し、虎木の警戒を潜り抜けてきて、かつ虎木の動きを封じてしまう。

「でも、これで信じてくれたでしょ？　私がお兄ちゃんのこと、何でも知ってるって」

「……いつからだ？」

時間は間もなく深夜十二時。サンシャインで行うべきことを考えると、日の出まで決して時間は無く、余計な問答をしている場合では無い。

「もー、お兄ちゃんそんな急がないでいいじゃん。夜はまだまだだし、お互い夜更かしは慣れてるでしょ？　ね、ほらほら」

理沙は虎木の腰から手を離すと、虎木の手を引っ張って樹里のいるロビーの奥へと引っ張ってゆく。

虎木はその動きに抵抗しようとしたが、思った以上の強い力に抗うことができなかった。

明らかに、十二歳の膂力ではない。

「は、羽鳥さん！　そんなに走らないで。ホテルの他のお客さんに迷惑が……」

傍らを通り過ぎる際の樹里のそんな注意が、空々しく響く。

「どこに行くんだ！」

「ね、お兄ちゃん、私すっごいもの作ったの。普段絶対見られないものだよ！」

「ま、待ってください！」

虎木のとげとげしい声と理沙の楽し気な声、樹里の慌てた声がホテルの暗がりを通り抜け、やがてそれはショッピングモールへとつながる入り口へとたどり着く。

夜の十二時になって当然締め切られているはずのその入り口を、理沙は難なく開ける。

出た先はショッピングモールの吹き抜けホールになっていて、営業時間中は設置された噴水が多くの買い物客の目を楽しませている。

だが、そこに広がっていたのは、吸血鬼の虎木をして教科書や物の本の写真、或いはそれをテーマに描かれた映画や漫画でしか見たことのない光景だった。

「な……ん……っ！」

照明が落ち、噴水も停止し、ホールにＣＭを打つ大型モニターも真っ暗に沈黙している。

非常口を示す非常灯と一部常夜灯だけが照らすそのホールには、

「お、オールポート……中浦……？」

吹き抜けホールを囲むテラスに、闇十字の修道服を纏った女性達が磔にされていた。

「なん、だこれは……！」

現代日本において磔刑を見ることなど決して無い。

だがこうして現実に多くの人間が磔に架されている姿は、想像をはるかに超えておぞましく、かつ架された人間の尊厳を著しく奪うものであると認識させ、そして架された人間を知る者に嫌悪感を覚えさせるものだった。

吸血鬼伝説の元となった実在の人物の一人であるワラキア公ヴラド三世は、敵であるオスマントルコ軍のみならず、罪を犯した領民や不正を働く貴族を多く串刺し刑に処したことから串刺し公と恐れられた。

その様は伝承や版画、絵画などの多くのイメージで今日に語り継がれているが、抵抗できなくなった人が吊るされている、という光景は、トラウマの出発点である故郷の実家を見ても何の感慨も抱かなかった虎木の胃の腑を強く不快にさせた。

「ねね！　洗濯物みたいで面白いでしょ⁉」

「何を……っ！」

「面白くない？　変だなぁ。だってあいつら私達の敵だよ？　私達吸血鬼のこと、虫けら以下にしか思ってない連中だよ？　だったらこっちだって何やったっていーじゃん？　違う？」

「フザけるな！　だからってこんなことして何になる⁉」

「まぁすっきり？　しない？　樹里はするって言ってたけど」

「えっ！」

突然話を振られて、樹里は狼狽える。

「ねぇ樹里。言ってたよね。これ飾り付けてる間、すっきりするって、楽しいって。言ってたよね」

「は、はい……」

「嘘じゃないよね」

「う、嘘じゃ……ありません……」

「良かったあ！　ね、お兄ちゃん、やっぱ吸血鬼ならみんなそうなんだよ！」

樹里が理沙に押し切られがちなのは、単純に吸血鬼としてのキャリアや能力の違いからだったということなのだろうか。

明らかに、理沙と樹里の立場が逆転していた。

「安心して。私達、死体の血を飲む趣味は無いから、みんな生きてるよ。ただまぁ、ここから先の話次第では明日の新聞一面はとんでもないことになるかもねー？」

「……一体どうやった」

「え？　何が？」

虎木はムカつく胃を必死で抑えながら、理沙に問いかける。

「ジェーン・オールポートは古妖とやり合える騎士団長だ。俺なんか手も足も出ない。それをどうやって無力化させた」

「あ？　気になる気になる!?　やっぱそうだよね！　お兄ちゃん、デイウォーカーになったことなさそうだもんね！　だから知らないんだよね！」

虎木の問いかけに、理沙はまるで自分の功績を褒められた子供のように反応する。

「その前に聞きたいんだけどさぁ。お兄ちゃん、まさかとは思うけど、今日一人でここに来たりしてない、よね？」

「俺一人で来いって言ったのはそっち……」

「本当に一人で来てほしかったら直接お兄ちゃんに電話するよ。私はアイリスさんに電話したんだよ？　だったら絶対、誰か連れて来てるでしょ？　ドラマなんかでもそうじゃん？『警察に電話したら人質の命は』って、大体警察と一緒に聞くじゃん？　どこかにアイリスさん、潜んでるんでしょ？　何なら今もこの会話、聞いてるでしょ？」

「……そんなに疑うなら、俺のスリムフォンを出日さんに預けようか？」

「まさかぁ！　そんなバレバレのことしないでしょー。絶対今、アイリスさんや、もしかしたら魔法使いのお姉ちゃん、他にもお友達が虎木さんのこと見張ったり聞いたりしてるよー。だから逆に聞きたいんだけどさ？　ねぇ、アイリスさんも聞いてるのかなー？」

理沙は満面の笑みのまま、磔刑に処された聖十字教徒の騎士達を手で指し示した。

「何でただの人間のはずの修道騎士があんなに強いか、疑問に思ったことなーい？」

「……ユラ、それは」

耳に仕込んだ無線機で理沙の声を聞いていたアイリスは息を呑んだ。

アイリスの声は、スリムフォンとは別のデバイスによって虎木にのみ聞こえるようになっている。

だが、離れた場所から理沙の言葉を止める方法など、無かった。

「ジェーン・オールポートは『太陽の船』で生まれた『ナイトウォーカー』なんだよ。こいつら、実は日中はそんなに強くないんだ」

太陽の船。

アイリスと未晴の会話の中にあった、闇十字に関わる何かの名だ。

未晴はその名に強い忌避感を示していたが、ナイトウォーカーは完全に初耳だった。

そして何より、修道騎士が何故人間離れした強さを持っているかという疑問。

ファ、ファ、ファントムでもない、ただの人間なのに。

「それとも、オリンピック選手とか、軍人さんとか、鍛えればあんな風になれるのかなぁ？どう思う？　お兄ちゃん。アイリスさぁん！」

虎木とアイリスをコネクトしているのはスリムフォンではなく、虎木が耳の裏に装着している小型の無線デバイスだった。

耳の中に入れるデバイスは虎木の髪型では目立つからと白川が用意したもので、未晴がパラシュートと偽ってアイリスに背負わせたバックパックに入っていた。

日常生活において、人間の視線は耳の穴と耳たぶには行っても耳の裏にはたとえ人間の真後ろに立ったとしてもまず視線が行かない。

虎木の髪型であれば、耳の裏にひっかける形のデバイスであれば刑務所ばりの身体検査をされない限り発見されることはないと踏んでのことだったが、

「どう？　何か言ってる？」

「……何を知ってる」

アイリスからの応答は無い。

「てゆーか、知らないのお兄ちゃんだけなんじゃないかな？」

薄暗いホールの中で、理沙は無邪気に、邪悪に笑った。

「修道騎士の力の源は、太陽の船に捕らえられて殺された沢山のファントムから奪われたものなんだって」

「ユラ!!」

アイリスは思わず叫んだ。

それによってもしかしたらどこかに潜んでいる理沙の仲間に気取られてしまうかもしれないと分かっていても。

「本当なのか……！」

虎木の激昂した声が、ホールに響いた。

「何故今まで話さなかった!!」

アイリス自身の、超常的な身のこなしと膂力。

古妖の子孫である未晴とともにストリゴイを向こうに張れる力。

アイリスと未晴を相手に制圧できる中浦。

そしてザーカリーすら手玉に取り、生粋の吸血鬼網村が『化け物』と評するジェーン・オールポート。

そんな彼女達が『ファントムではない』というだけで何故『ただの人間』であると考えていた？

「お兄ちゃんがファントムだからだよ」

『ユラ！　違うわ！　それは……！』

虎木は右耳の裏のデバイスをむしり取ると、地面に叩きつけた。

「へぇ、そんなとこに。あとお兄ちゃん案外キレやすいね」

超常の存在であるからこそ、他の超常に寛容になり、存在を受け入れる。

では、超常の存在でない者は？

「ファントムは皆そのことを知ってる。だから鉈志を術で封じた梁詩澪さんがそのことを警察に言って良いって言ったとき、きっと彼女もそうなんだって分かった、だって、術のことは同じファントムには通じるけど、普通の人は信じないから」

「俺をここに呼んだ理由は何だ。俺がコブつきだってことを知って、梁さんのことを知ってるって脅しかけて……俺と闇十字の間の、輪ゴム程度の強さの信頼を断ち切ってまで、何が目的だ」

「お兄ちゃんも、仲間になってほしいんだ。デイウォーカーの能力を使えば、吸血鬼はいくらだって強くなれる。それこそ」

その瞬間、吊り下げられていたオールポートの体が動く。

「騎士団長なんかメじゃないよ」

「……俺に同族の心臓を食えって？」

理沙の笑みの形は変わらなかった。

「同族？　違うでしょ？　お兄ちゃん、元人間だよね。私もだよ」

虎木は目を見開く。

「なっ……」

「樹里もそう。鉈志がそうなのは知ってる？　ここにいる私の仲間はみーんな、元人間」

まるでそういう演出だったかのように、全ての階層に赤い光が灯った。

十人以上の吸血鬼だ。

理沙が首魁である以上、全員がデイウォーカーであると考える他なく、かつ日中の闇十字を制圧するだけの力がある者達と考えざるをえなかった。

「つまり、見た目通りの年齢じゃないってことだな」

「まぁね、もしかしたら、実はお兄ちゃんより年上かもよ?」

思えば不自然な部分はいくつもあった。

夜の学童脱走。理沙に対し不自然なほど強く出られない樹里。その樹里を折々につけ呼び捨てにする瞬間。

連絡先を交換したいと言い出すのに、最初に出てきたのが何故かメールアドレスだった。

間もなく中学生になろうという今時の子が、『魔法使いのお姉ちゃん』という幼い呼び方を、名前を知った後も続けていた。

二度も娘が犯罪被害に遭ったのにどこか他人事のような父親。

「全部演技だったのか。イエローガーベラで話したことも、全部嘘だったのか」

「だからあのとき、『そういうことにしといて』って言ったでしょ?　誰もあれが本当だなんて言ってないし」

「……『明日の新聞一面』か」

「あ、そっか。今の小学生が新聞一面は無いか」

その言葉が世代でないことに思い当たったのだろう。理沙は楽し気に笑った。

「若く見積もって三十後半。普通に考えりゃ五十前後か」

「いいセン行ってるかもね。それならどう？　お兄ちゃんより年上？」

「五十の女がそんな口調だってことにドン引く程度の年齢だよ。俺のことを誰に聞いた」

虎木が元人間であることを知っているということは、虎木の正体を知る何者かと接触があったということだ。

元人間と生粋の吸血鬼を外見から見分ける方法は無い。中浦やオールポートが脅されたからといって虎木の経歴を明かすはずがなかった。

虎木は理沙に対する警戒を高めた。正確に言えば、理沙の背景に対して。

「そんなの、お兄ちゃんのこと知ってる人に決まってるでしょ。それ聞いて何がしたいの」

「俺が元人間であることを知ってる奴は限られてる。その上、こんなことする奴と繋がりがある奴となるとな」

「じゃあその中の誰かなんだよ。それよりさ……」

「仲間になってほしいんだろ。だったら必要な判断に情報は寄越せ。俺だって好き好んで『同族』とやり合いたいわけじゃない」

「何？　時間稼ぎ？」

「通信は切った。時間を無駄にできないのはお互い様だろ。比企家だっていつまでも大人しくしてないぞ」

虎木は足元で砕けたデバイスを指さす。

「元々俺も、アイリス含め闇十字には迷惑してたクチだ。別にオールポートと中浦が痛めつけられてたって俺の生活を騒がせた因果応報だくらいの気分でしかない。だが、俺がお前らのやり口を気に入ってないことくらい分かるだろ」

「まぁ、ね」

「何が目的だ。俺は鉈志にすら一人じゃ勝てない雑魚吸血鬼だ。お前らのデイウォーカーの種にされるくらいしか仲間に引き入れられる当てが思い浮かばない」

「言ったでしょ。元人間にそんなことしないって。私達が殺すのは生粋だけ。それでね、とにかく私達の目的はね」

理沙の顔から笑みが消え、オールポートを振り返った。

「『太陽の船』に捕らえられた吸血鬼の解放」

幼さの残る声から、古の革命家のような目標が飛び出した。

「『太陽の船』は闇十字騎士団の『移動聖域』。吸血鬼をはじめとした、夜にしか力を発揮できないファントム達を捕まえて正義の名の下に非道な実験が行われている悪魔の船。その船がもうすぐ日本に来る。鉈志のおかげでね」

「お前らと鉈志は一体どういう関係なんだ」

「あいつも私達と同じ元人間の吸血鬼だよ。イエローガーベラ出身ではないけど、たまに仕事もしてもらってた。ただ、デイウォーカーになったことで変な欲が出ちゃったみたいで、私達を裏切ったんだ。仕方ないから処分しようとしたときに、お兄ちゃん達が割り込んできたんだけど……まぁ、結果オーライだったね、あれは」

　最初に出会ったときも、虎木と相対したときも、鉈志は叫んでいた。自分は何もしていないと。そして力が必要だと。

「あいつ、私達がキープしてた吸血鬼を勝手に狩り始めたんだ。見過ごせなくなったから、私が処分しようとした。でも、意外と沢山心臓集めてたのか、思いがけない強い抵抗につい声出しちゃって、それを聞かれたんだよね、お兄ちゃん達には」

　鉈志が吸血鬼であったことは今更だが、思えばあのときアイリスも、鉈志相手に一歩も引かぬ態度を見せていた。酔っ払いの男や繁華街の客引きにすら怯えるはずのアイリスが少女を人質に取った男に勇敢に相対していた時点で、気付けることはあったはずだった。

「あの時点ではお兄ちゃん達がどういう相手かまだ分からなかったけど、私も鉈志もまだ闇十字に捕まるわけにはいかなかったから、不良少女と変質者ってことにするしかなかった。ま、鉈志の方は諦めてなかったみたいだけど」

「鉈志は、何をしようとしたんだ」

理沙は、子供が給食に入った嫌いなものを噛んでしまったときのように顔を顰めた。

「病気の家族に会いに行きたかったんだってさ。あいつ家族と不仲で家出した後に大阪かどっかで吸血鬼になったみたいで……なんだったっけな」

「……沖縄の離島にお住まいのお母様が、もう長くないと」

樹里が理沙の記憶を補足し、それを聞いた虎木は眩暈がし始める。

沖縄の離島というのがどこなのかは知らないが、恐らく夜の間の半日では到底たどり着けない場所なのだろうし、事が決裂した家族の安否確認なら、半日で話が済むはずもない。

鉈志が何歳のときに吸血鬼になったかは分からない。ついこの間までイエローガーベラに世話になるしかなかったということは、きっと鉈志の性質を理解し助けてくれる者もいなかったのだろう。

だが、イエローガーベラに付き合う過程で彼はデイウォーカーの秘密を知り、束の間日光の下に出た。

そして希望を持ったのだ。

生きたまま実家に帰ることができるかもしれない、と。

「鉈志が灰になるのを見越して協力してやることだってできたはずだ。何故それを処分なんて話になる」

理沙は心底困惑したように眉根を寄せた。

「何で私達がそんなことしなきゃならないわけ？　そんなことしたら、里心がついて戻ってこなくなるに決まってんじゃん」

「……なんだと」

「吸血鬼だって無尽蔵に狩れるわけじゃない。鉈志にはもう三匹も狩らせてやったのに、それ持って逃げられたらまたデイウォーカーの戦力を揃えるのに時間がかかる。新しい吸血鬼を狩れば目をつけられて面倒事も増える。そうしたら、私達の目標を達成できない。戦いが終わったらどこにでも行って、南の島の白い砂浜に溶けて死んだっていいよ。でも、太陽の船が来るまでは、一切の裏切りも、足抜けも許さない」

その語気の強さに、虎木の視界の端で博司はもちろん樹里すらすくみ上ったのが見えた。

「太陽の船に捕まった吸血鬼やファントムを解放したらそいつをどうするつもりだ。まさかそいつらを逃がしてはい終わりじゃないだろ」

「決まってんじゃん」

理沙は牙を剝いた。

「『親がムカつく』って話、したでしょ？　食い返して人間に戻るんだよ」

そのショックを虎木はどう言い表せば良いか分からなかった。

自分と同じ目的を抱え、戦いを始めた吸血鬼達が目の前にいる。

その戦いの経過がこれということなのか。

「私をこんなにした吸血鬼が太陽の船に捕まってるっていう確かな情報を摑んだの。『親』を吸い返すと人間に戻れるのは、知ってるよね？」

虎木に答える気はなかった。

「最後の質問だ」

「何、まだなんかあんの」

そろそろ苛立ちを露わにし始めた理沙の視線の圧を感じながら、虎木は尋ねた。

「それで人間に戻った後、お前らはどうするつもりだ」

「人間に戻った後？」

そこまで意外なことを聞いただろうか。だが理沙は心底意外そうに目を瞬いた。

「そんなの戻ってみないと分かんないよ。上手い具合に人間に戻れたとして、他の地方の闇十字がほっといてくれるかどうか分かんないし、私なんかガキの体だし、人間に戻ってもまあ、エクストラハードモードだろね」

虎木は大きく溜め息を吐いて、首をほぐすように一度回す。

「……よく分かった」

「そう？　良かった。そんじゃ、仲間になってくれる？　もしかしたらお兄ちゃんの『親』もいるかもよ？」

「残念ながら俺の『親』は自由に世界を飛び回っててな。だから」

虎木の身が瞬時に闇に溶け、瞬間大型モニターに吊り下がっているオールポートのそばにいた吸血鬼の喉を摑み上げた。

「お前らの仲間になる気も必要もない。長々話させたのに、悪いな」

そのまま噴水の中に叩き落とした。

「一応理由を聞いていい？」

「ここでお前らのやり方に賛同したら、俺は家族と仲間に顔向けできねぇ、かな」

「へぇ……樹里!! お前達!!」

「は、はいっ!!」

理沙はさほど驚いた様子もなく、さっとテラスの縁に足を乗せると、樹里達に指示を出す。

「どうせそんなことだろうと思ったよ！」

理沙が虎木と同じように黒い霧になって。樹里と他の吸血鬼達は吹き抜けを囲むテラスを足場にあらゆる方向から虎木の霧に襲い掛かる。

「元人間を殺すのは忍びないけど、私達はここで退くわけには……！」

「同感だ」

「えっ？」

「なっ！」

大型モニターの上にはまだ虎木がいるのに、理沙の霧の背後に新たな霧が湧き、樹里の背後には新たな虎木が現れる。

「俺も同類と戦いたかなかったさ。と言うか別に俺は、誰とも戦いたくない」

「ぐっ！」

「いやっ⁉」

虎木は霧のはずの理沙を手でわしづかみにし、もう一人の虎木は樹里を正面からはじき返し、別角度から襲い掛かって来た吸血鬼の男に叩きつける。

「な、何で私の霧をっ！」

「見る奴が見れば簡単に分かるって言われたが、本当だな」

かつてメアリ一世号で虎木の霧は愛花に『核』を見破られあっさり撃墜されてしまった。

だがいざ自分が複数の分身で霧の術を用いると、自身の霧も敵の霧も、はっきりと『濃い』部分が見える。

何のことは無い、霧の濃淡を見極めるだけの術を使うスタミナと冷静さえあればできることであり、だからこそ霧一本だけでは、愛花に勝てないことが分かる。

「来い」

理沙を拘束した虎木目掛けて三人が一斉に襲い掛かってくるが、その場を一歩も動くことなく三人に向かって手をかざし、指から血の礫を放射した。

梁 雪 神に向かって撃ったそれは子供が掴んだ砂利を投げつけるが如きの粗雑さであったが、

今全身に力が行き渡る虎木の血の礫は、一滴一滴が弾丸の如き鋭さで襲い来る敵に突き刺さった。

「がっ！」「ぐあっ⁉」「うおおっ⁉」

三人の吸血鬼がさらに噴水に水柱を作り、虎木はそれを傲然と見下ろした。

「こんなに違うもんかよ……」

自身の圧倒的な力に、虎木は自嘲気味に呟いた。

ベッドの上で未晴に迫られて部屋の隅に逃げただけで気絶していたのに、一度に五人の敵を相手に分身を複数作ってその全てを霧にしてなお、スタミナに余裕がある。

全ては、人間の血の力を手に入れたからだ。

アイリスの血を飲んだからだ。

たったそれだけのことで、これほどの圧倒的な力を得ることができる。

「く……このっ‼」

手の中でもがく理沙が霧になって逃げるのを、虎木は見送った。

「だ、大丈夫か、理沙！」

そのとき、どこに隠れていたのか場違いに震えた声が闇の奥からかけてきた。

理沙の父親と名乗っていた羽鳥博司だった。

新手かと一瞬警戒したが、荒い息を吐き、躓きそうになりながら理沙に駆け寄るその姿はとてもファントムとは思えなかった。

「お兄ちゃんは離れてて！　何もできない人間のくせに!!」

理沙に博司が駆け寄ろうとするが、理沙は鋭くそれを制する。

「お兄ちゃん……？　あんたら、兄妹だったのか……」

妹の理沙が吸血鬼に襲われて闇の住人となったのを、兄の博司はどのような思いで見守っていたのだろう。

一瞬だけ、どうしても羽鳥兄妹に自分と和楽の姿を重ねてしまい、虎木は構えを緩めた。

「聞いてた話の何倍も強い……あんた、本当に人間の血を吸わないの!?」

咳き込みながら叫ぶ理沙の言葉で、虎木はようやく理沙の背後にいる存在に当たりをつけた。

太陽の船やそこに捕らえられている吸血鬼、虎木の正体やオールポートの動静に比企家のスタンスを把握してのサンシャイン制圧。

如何に組織立っていようと、街中の一介のファントムに摑める情報ではない。

「烏丸さんか」

「……」

動揺を見せたのは理沙ではなく博司だった。

「あんたが……」

「ん？」

「あんた達が、か、烏丸さんを……だから、妹たちはこんな……！」

「なんだと？」

「もう黙ってお兄ちゃん！　言ったって始まらないでしょ！　烏丸さんは最後に私達に逆転の芽を残してくれた！　闇十字の駐屯地をやれる情報をくれたんだよ！　今更あんな雑魚吸血鬼に負けてたまるか‼」

激昂する理沙は次の瞬間、博司の手に食らいついた。

「うぐっ⁉」

「おいっ⁉」

「どうせあんたも血ぃ吸ってるんでしょ！　血を吸わないなんて格好つけて、結局命惜しさで、人間の血を吸ってるあんたに、私達の戦いをどうこう言う資格なんてないっ‼」

兄の手首を食いちぎらんばかりの血を一気に吸い上げた理沙の全身が、漆黒の妖気に包まれる。

「ぐ……あ……り、理沙……」

「お、おい！　兄貴の顔色が……！」

「うっさい‼　これくらいしか役に立たないんだから！　こういうときのお兄ちゃんなんだよ！　さあ虎木由良！　涼しい顔して人間社会に溶け込んで、だらだらと世の中生きてるあんたなんかに私達は負けない！　樹里！　みんな‼」

「っ⁉」

虎木ははっと足元と周囲を見回し身構える。

理沙の力が跳ね上がっただけではない。理沙が血を吸った瞬間、噴水に叩き落とした連中も樹里もまるで能力が同期したように圧力が増し、ゆらりとその場に立ち上がる。

「私達も……もう後には退けないんです。羽鳥さんに、ついていくと決めた日からっ‼」

「なっ⁉」

明らかに先ほどまでの樹里の動きではなかった。

あの雑居ビルの戦いで鉈志が見せた獣の如き低い姿勢からの漆黒の弾丸のような突撃。

虎木は防御すら間に合わず吹き飛ばされ、シャッターの降りた店舗の壁に激突する。

「立ってください」

樹里は虎木の胸倉を掴み体を持ち上げると、すぐそばの柱目掛けて全力で叩きつける。

「くっ」

虎木は激突直前に霧になって直撃を回避するが、理沙の血の弾丸が虎木の霧の核を討ち抜き叩きつけられた勢いのままテラスの強化ガラスを破って自分がホールに落とされてしまった。

「ど、どういうことだ……出日さんは、血を吸ってないのに……がはっ⁉」

樹里だけではなかった。噴水の中を縦横に走る演出用のパイプを引きちぎり、四人の吸血鬼が代わる代わる虎木に襲い掛かってくる。

回避が精いっぱいでとても攻撃に転じることなどできず、理沙が博司の血を吸う前とは段違いだ。その力も速さも精度も、理沙が博司の血を吸う前とは段違いだ。

「心臓、いただきます」

背後に回った樹里の一撃を、虎木は回避できなかった。

比喩でなく、心臓をわしづかみにされる。

その感覚を覚えた次の瞬間、轟音がホールを切り裂き、樹里の手首を砕いた。

「あああぁっ⁉」

手首から先が切断された樹里の絶叫がホールを震わせ、虎木は倒れそうになる体勢を立て直す。

虎木の背から樹里の手首がぼとりと落ちて灰になった。

「叫ばないで。あなたは心臓、二つ以上あるんでしょう」

虎木が絶命する寸前、アイリスのデウスクリスが樹里の手首を撃ち抜いたのだ。

「……アイリス……」

「ユラ。お願い。戦いが終わったらあなたの知りたいことは何もかも話す。だから……」

「落ち着け。太陽の船のことやナイトウォーカーとかいう話のことなら、怒っちゃいねぇよ」

「……え？」

アイリスの声が震えていることに気付いた虎木は、痛みをこらえて言った。

「闇十字が俺に必要のない情報言わないことなんかいつものことだし、俺は……俺の大事な弟は、警察官僚時代俺にも家族にも秘密抱えまくってた。理由がある。それくらいは分かる。デバイスぶっ壊したのはフリだ。それくらい分かれ。俺は、お前のことを信じてる」

アイリスの唇の震えは、すぐに止まった。

「あいつらの言う非道な実験がどうこうって話が本当だったら、それに怒るのはまた別の話だ。今は、あいつらを止めなきゃならねぇ」

「……ええ！」

アイリスはデウスクリスを右手に油断なく身構え、左手のリベラシオンを握る手で眦を拭った。

「う、うわ、うわあ！　うあああああああああっ!?」

樹里は手首が破断したことにパニックを起こしたのか、悲鳴を上げてその場に倒れ伏してしまう。

「樹里ぃっ!!」

その様を見て理沙の叱責が飛ぶが、樹里のパニックは収まらない。

ボロボロと崩れる手首を抱えながら、床をのたうち回っていた。

「……は、羽鳥さ、い、痛い、痛いです！　こ、こんな、私こんな……っ！」

「手の一つ二つ無くなったくらいでぴーぴー喚くなっ！　これだからなりたてはっ！」

理沙は倒れる博司の腕を強引に引き上げて、その手首にかじりつく。

「う、うううう……」

するると、まるで樹里本人が血を吸ったかのように、徐々に手首から先が再生され始めるではないか。

「これは……どういうこと？　リサちゃんの吸血に、連動してる……？」

「理屈は分からんがどうもそういうことらしい。このままじゃ羽鳥博司の命が危ない。もう相当血を吸われてるはずだ。あいつには聞かなきゃならんことが沢山ある」

「ええ、そうね。ユラ、あなたは、血は？」

「あん時限りだって言っただろ」

虎木は口に溜まった自分の血を吐き出し、少しだけ背中の風穴を気にしながら笑った。

「どんな事情を抱えたとしても、あんな風になるのは御免だ」

二人の目の前には、仲間も兄も同族の命も道具のように扱う、元人間の吸血鬼の行く末の姿があった。

「でも、まだ殺してない。まだ止められる」

「だからあなたのことを好きになったのよ。……リサちゃんを、止めましょう！」

だが、理沙は今や幼い肉体を変貌させ、ストリゴイとはまた異なる異形の怪物に変貌しようとしていた。

黒い稲妻を纏った獣。

「こいつらは私がやる！　お前達！　闇十字どもを連れて潜りなさい‼」

「なっ‼」

その瞬間、樹里以外の吸血鬼達の動きが変わった。

虎木やアイリスに向かってくるのではなく、オールポート達の拘束を解いて肩に担ぎ、逃げる態勢に入ったのだ。

「クソっ！」

虎木はそれを追おうとするが、

「させるわけねえだろうがよっ‼」

獣の咆哮とともに、理沙がホールの床を砕いて虎木の肩に食らいついた。

「ユラっ‼」

位置関係的には、理沙はアイリスの傍らを通り過ぎたはずだ。だが見えなかった。

理沙は虎木に食らいついたまま先ほどの樹里を上回る速度で虎木の体を振り回し、噴水の大型モニターに叩きつける。

虎木は霧になる間も無く大型モニターに叩きつけられ、派手に火花が散った。

「リサちゃんっ‼」

アイリスは躊躇うことなく理沙目掛けてデウスクリスを放つが、銀の弾丸は理沙の右足を掠めその膝から下を灰に変えたものの、理沙の動きを止めるには至らなかった。

「ナメんな修道騎士！」

最初の突撃と変わらぬ速度でアイリスの足元に着地した理沙は、その体目掛けて両腕で体を振るい残った足で蹴りを叩きこむ。

アイリスはデウスクリスとリベラシオンでそれを受け止めようとするが、聖別された銀の銃身と銀の槌を衝撃が貫き、アイリスは吹き飛ばされてしまう。

「ザコが！　これなら昼のオールポートの方がずっと強かったよ！　よくもそんなんで騎士なんかやってられんな！」

理沙はそう吐き捨てると、改めて指示を飛ばす。

「皆！　そいつらは人質だ！　それから傷ついた連中は潜って血を手に入れて！　闇十字との交渉は終わってない！　太陽の船で会うよ!!」

「ぐ！　ま、待て……っ！」

「だ、ダメ……！　このままじゃ……！　ミハル……ミハルはまだなの!?」

虎木と別行動をしていたアイリスは、虎木と理沙のやりとりをリサーチした上で、戦闘が発生した場合は適切な瞬間に介入するための遊撃手の役割を負っていた。

未晴はと言えば、当然行動を自重している比企家を指揮し全体の鎮圧に当たる役目のはずだが、ここまで大事になっても未晴は現れない。

このままでは闇十字(やみじゅうじ)だけではない。街に潜み平和に生きているはずの吸血鬼が、人間達が犠牲になる。

「ミハル……っ!!」

柄にもなく、職業的にも、プライベートでも、ライバル、いや、宿敵としか呼べない女の名をアイリスが呼んだその時。

「……？」

床に叩(たた)きつけられたアイリスと対峙(たいじ)する理沙(りさ)の動きが止まった。

理沙(りさ)だけではない。修道騎士達を連れて逃げ出そうとしていた吸血鬼達の動きも。

ピアノの音だ。どこからかピアノの音と、女性の歌声が聞こえる。

「な、何なの……」

あまりに場違いすぎる音に理沙(りさ)は狼狽(うろた)えるが、すぐにあることに気が付いた。

「……羽鳥(はとり)……さん……もう痛く、ない、です。なんだか、ふわふわして……」

手首を失いパニックに陥っていた樹里(じゅり)の悲鳴が聞こえない。それどころか、どこか安堵(あんど)したような、夢心地のような顔になり、茫洋(ぼうよう)とした目で虚空(こくう)を見ている。

理沙(りさ)もわずかの間その音に聞き入ってしまったが、すぐに首を激しく降って意識をはっきりとさせる。

そして動きが止まってしまった吸血鬼達を叱咤(しった)しようと金切り声を上げた。

「何してんの！　早く逃げなさい‼　どうせ戦いでどっかの音響が壊れて……」

「何してんの！　皆早く投降しなさい！　こんなことやったって逃げられっこない！」

だが、同時に理沙と全く同じ声がその場に響いた。

「ち、違う！　早く逃げ……」

「ち、違う！　早く降参して！」

「……見てください、羽鳥さん、もう一人、羽鳥さんが……」

「はあ⁉」

理沙は、樹里が茫洋と指さす先に、もう一人の自分が立っていることに気が付いた。

それは、虎木とアイリスを倒した黒い獣の自分ではない。

どこにでもいそうな十二歳の少女の、羽鳥理沙だった。

「な、何……これ……っ‼」

「……お嬢ちゃん、あかんわ、これ」

現れた理沙の声が、動揺する理沙の声に被る。

「しんどい思いしたんは同情する。でもなぁ、やっぱ世の中やったらあかんことってあるんや。おんなし吸血鬼やのに、虎木ん時とは大違いやわ。この気ぃ悪さ……」

理沙の声で、しかしアイリスの耳には慣れない日本語の独特なイントネーション。

アイリスは目を見開き叫んだ。

「まさか……ナグモ……？　ナグモなの⁉」

「……アイリスはん、虎木もええカッコしとるなぁ」

ピアノと歌声はまだ続いている。虎木は、そのピアノと歌声に聴き覚えがあった。

この数週間、何度もそばで聴いたピアノと歌声だった。

その曲に乗せて、新たな理沙は静かに言った。

「虎木、耳塞ぎ」

だが砕けた大型モニターから這い出て噴水に落ちた虎木は、その言葉を聞き逃した。

なので、

「ぐわああっ⁉」

ピアノと歌が途切れた瞬間に全身を殴打するほどの衝撃が全身を貫き、虎木はもんどりうって噴水の中に転倒する。

「ぐっ！」「ひゃっ！」「があああっ⁉」

理沙も樹里も吸血鬼たちも、そして羽鳥理沙の姿を取って現れた、京都ののっぺらぼう、六科七雲も耳を塞いで呻く。

直撃したそれは、『音』などという生易しいものではなかった。

ファントム達が苦鳴を上げる中、アイリスだけが何事もなかったかのようにその音を耳にし、顔を上げた。

「聖鐘ピースクワイア⁉　一体誰が……！」

サンシャインに秘密裏に取り付けられた、古にはファントムを退ける聖なる鐘であり、今日はファントムの位置を割り出すための音響探知機である聖鐘ピースクワイアを鳴らせるのは、修道騎士以外はいないはずだった。

だが、確かに聖なる鐘は鳴り、その余韻が消えないうちに、

「やれやれ。音楽家の耳をこんなにしてくれちまって。オールポートからの報酬は、弾んでもらわないとな」

ホールに十人のザーカリーが出現したのだ。

「ザック！」

「パパ！」

「アイリス。ユラ。鐘で見つけた、このビル内にいるファントムには全部俺がマークをつけた。少なくともこのビルに入ってた奴らは全員逃がしはしない。外に控えてる奴がいたら、分からんがな」

「はは……マジか……」

ザーカリーの桁違いの分身術に虎木は苦笑を禁じ得ない。

人間の血を飲んだ虎木とアイリスを一方的になぶるだけの力を持った理沙を完全にコピーしてしまう七雲の力にも。

「う、嘘でしょ……な、何で……修道騎士は、全員捕まえたはず……」

本物の理沙は多勢に無勢を悟ったのか、急に弱気な声を出して、おろおろと周囲を見回し、その場にへたり込んでしまう。

黒い稲妻は消え、そこにはげっそりとやつれた十二歳の少女がいた。

「ごく単純に、一人だけ襲撃から逃げた奴がいたんだ。まぁ見逃しても仕方がない。そいつがヒキファミリーにお前達の人数や戦い方を全部話してくれた。ただまぁそいつは修道騎士だから、ミハル・ヒキの連絡先を知らなくて、色々遠回りしたけどな」

「逃げた……そんなはずない……修道騎士の女は皆……」

虎木とアイリスは、よろよろと立ち上がりながら思わず顔を見合わせた。

なるほど、理沙達は闇十字の構成員が全員女性だと思いこんでいた。もしかしたら烏丸から、東京駐屯地の騎士は全員女性だと聞いていたのかもしれない。

そして聖鐘を鳴らし理沙達の陣容をザーカリー達に伝えた修道騎士は、シスターと呼ばれながら男性であり、東京駐屯地ではなく、比企家次期当主すらその存在を知らない金沢駐屯地の正騎士であった。

「シスター・ユーリ……！」

「あいつ、おっさんになってもシスターって呼ばれ続けんのか？」

苦笑する虎木の頭を、ザーカリーが叩いた。

「って！　何だよ！」

「お前が一人で乗り込んだって聞いたとき、これくらいのことをなんとかできないようなら愛花と戦うのなんか夢のまた夢だと思ったが、本当にそうなったな。偉そうに、助けてくれた相手の将来を心配してる場合か。しかも、アイリスに怪我までさせたな」

「違うのパパ！　これは……！」

「うるさい。ミハル・ヒキもお前もこんな弱っちい男のどこがいいんだか。これじゃいつまで経っても娘はやれ……」

「私達が愛してるのは、ユラの弱さよ‼」

「……私達……ねぇ」

アイリスが未晴のことまで言及したことに、理沙の姿をしたままの七雲がぽつりとつぶやくがアイリスは無視した。

「ユラは確かに弱いわ。多分素の戦闘力だったら、私にも勝てない。ミハルと一緒になったら、一生尻に敷かれるわ」

「……」

全て真実なので、虎木としても反論できないが、そこまで言わなくても、と思ったとき。

「でも、それはユラが人間でいようとしてるからよ。血に飢えて大切な人を悲しませないために、弱いまま、強くなろうとしてる。だから、私はそれを助け続ける」

「それで何が変わるのよ……」

アイリスの言葉を遮ったのは、理沙だった。

「弱いままで何ができるのよ！　どんな手を使ってでも強くならないと、戦えない！　勝てない！　大切なものを守れない！　太陽の下に戻れない！　そんな詭弁で、誰かに頼ってばかりで！　自分じゃ何もしないそいつと戦って、なんで私達が負けるのよ!!」

「……リサちゃん」

「絶対おかしい！　この卑怯者！　裏切者！　吸血鬼のくせに闇十字に味方して、本当に大切なものが何かも分からないくせに！　私達の邪魔をして……!!」

「本当に大切なものとは、なんです？」

そこに、優璃と、大勢の比企家の者を従えた未晴が静々と現れた。

「……私達、元人間の吸血鬼の生きる権利よ！」

未晴は酷薄な笑みを浮かべると、背の刀を抜いて理沙の喉につきつけた。

「都合よく回る舌を持っているようですね。七雲。この女は、本当に吸血鬼の生きる権利を理想に掲げる資格を持っていますか？」

未晴の問いに、七雲は明確に首を横に振った。

「あんた、理沙はんやったか？　あんた、ナタシって男、どないした」

「……っ」

理沙は七雲から顔を逸らし、虎木は目を見開く。

「あの、黒い獣の術……まさか……!!」

「目的のためなら手段を選ばん。人のためといいながら自分のため。あんた、吸血鬼仲間だけやない。いつから『お兄ちゃん』を吸血鬼より『弱い』使いっぱしりにしてた」

理沙は口を引き結び、七雲からも、未晴からも、虎木からも目を逸らす。

だが未晴は容赦しなかった。

「革命を既存の体制の転覆と同義だと思っている者は、革命家ではない。ただのテロリストです。どれだけ理想が高邁でも、それが弱き者の救済ではなく強き者への攻撃が第一目標となっている限りはね」

「だから虎木由良の生き方が私より正しいって言いたいわけ？」

「いつ誰があなたと虎木様の生き方の優劣を比べましたか。話題のすり替えも大概になさい」

未晴は鼻で笑って刀を下ろした。

もはや理沙からは、抵抗する気力も希薄も感じられなかった。

「あなたはあなたの目的のためにあなたの手段で戦い、虎木様と私達は虎木様の目的のために虎木様の手段であなたと戦い、結果あなたが負けた。それだけのことです。拘束しなさい」

未晴の命令で比企家のスタッフが動き、理沙達を拘束してゆく。

「アイリス・イェレイ。百万石優璃。シスター・オールポートとシスター中浦が人事不省である以上、この場の闇十字の代表はあなた方です。この貸しは、大きいですよ」

刀を納めた未晴は、理沙を言い負かしたにも関わらず不満げに歪んでいて、アイリスをかつてないほど憎しみの籠った目で睨んだ。

「虎木様が弱いからこそ、愛した。確かにそうかもしれません。現実に私達が助けに入ることで、虎木様は常に勝者の側にいます。でも……私は、今日、怖かった」

「ミハル……」

「一人で羽鳥理沙の元に向かう虎木様にあなたの血を飲ませたのは、そうしないと虎木様が殺されてしまうかもしれないと思ったからです。アイリス・イェレイ……あんたは怖くないんか。いっつもいっつも、うちらが虎木様を守れるとは限らんのや……はぁ」

未晴は一度目を伏せ、もう一度虎木を見る。

「虎木様。人の誇りを持ち続けるその精神は尊いものですが、力なき正義に意味は無いのもまた現実です。今、吸血鬼である以上、『血』から逃げることを、私は薦めません。もし今日羽鳥理沙に殺されていたら……和楽長官がどう思われたか、よくよくお考え下さいね」

それだけ言い切ると、未晴は虎木の返事を聞かず、ホールを後にした。

比企家の者達が理沙達を連行し、磔にされていた中浦達を解放する様子を見ながら、虎木は頭の中で理沙と、アイリスと、そして未晴の言葉がぐるぐる回り、折角事態が収拾されたというのに、全く気持ちが落ち着かなかった。

終章 吸血鬼は夜帰宅する

夜の十二時、自動ドアが空いて、見慣れた顔が疲れた顔でふらりと入ってくる。

「あ、お疲れー虎木さん。カフェラテM、お願い」

「灯里ちゃん!? おいおい、こんな時間にどうした」

フロントマート池袋東五丁目店を経営する村岡の娘である村岡灯里が、気怠げに手を振りながらレジの前にやって来る。

高校生が出歩いて良い時間ではないが、灯里は意に介さず虎木にスリムフォンをつきつけてきた。

「や、通知見んのすっかり忘れててさ。今日届いてたんだって思ったら、いても立ってもいらんなくて」

虎木が注文のカフェラテを準備していると、灯里がスリムフォンの画面を差し出してくる。

「宅配荷物受け取りか。夜出歩くの危ないぞ。明日にしときゃいいのに」

「そのときは虎木さんが助けてくれるっしょ。こないだも小学生助けたとか聞いたよ?」

「いや、そう言う問題じゃ……」

「来ちゃったもんな仕方ないでしょ!　ねぇはーやーくー!」

「ああ分かった分かった。先にカフェラテね。荷物……あー、これかな」

虎木はカウンターにカフェラテを置くと、カウンターの裏に積まれていた今日付のコンビニ受け取り宅配便の中に、中に緩衝材が入っている封書を発見した。

「一応伝票確認して」

「ん。大丈夫。これこれ、ありがと」

受け取り処理をして封書を渡すと、灯里はその場で封書を開け始めた。

「じゃーん！　見て見て！　ＺＡＣＨの初代と二代目サックスが一回だけ一緒にレコーディングした、ライブ会場限定ＣＤ！　ネットオークションで見っけたの！　超偶然でさ！　しかもたった千五百円。ゲットするっきゃないなってさ！」

「へぇ。でも何でコンビニ受け取り？　大事な買い物なんじゃないの？」

「は？　ネットオークションで自宅宛てにするわけないじゃん」

理由は全く教えてくれなかったが、ごく当然のようにそう言われて、虎木としてもそうか、としか言えなかった。

「やっぱー。ザーカリーこの頃から渋いー」

いつ発行のＣＤか知らないが、ここ八年以内の出来事のはずなので、吸血鬼であるザーカリーの外見はそう変わるはずはない。

紙のジャケットに、ザーカリーやアナを含めた今のＺＡＣＨに加え、見覚えのある男性が一人写っていた。

虎木はつい先日、この先代『Z』と対面する機会があった。

「最近ザックから音楽やれやれってうるさく言われてるんだ。機会があったら聞かせてくれ」

「ザーカリー本人からそんなこと言ってもらえる人にCD貸す意味ある？」

そう言われればそうかもしれない。

「そーだなー。ザーカリーのサイン入れてもらえるなら、貸してあげるよ」

「まぁ、それくらいなら……」

「やった！　約束ね！　じゃあこれ、今渡しておくから！」

「え⁉　今⁉」

「うん。だってサイン入りかそうじゃないかじゃ、聴こえてくる音違うしさ」

そんなことは無いと思うが、灯里は虎木にCDを押し付けると、

「お父さんもお母さんも楽しみにしてっから、早めにお願いね。そんじゃ、お疲れ様！」

カフェラテを手に、いそいそと出て行ってしまった。

「あ、気を付けて帰れよ！　マジかよ……参ったな」

大事な買い物だと聞かされたものを仕事中に預けられてしまうと、それだけで保管が心配になる。

「女子高生に頼られて悪い気はしてないくせにー」

「うわっ⁉」

いつからそこにいたのか、耳のすぐ後ろで詩濘が囁き虎木はCDを取り落としそうになる。

「あ、危ないだろ！」

「いや、虎木さんが深夜に若い子にコネを頼られて悪い気はしてない顔だったんで、つい」

「悪意の解釈にも限度があるぞ」

「だって本当のことですし。あ、休憩上がりました。虎木さん今日はもうこの時間に勤務上がりなんですよね？　いらっしゃいませー」

「あのなぁ」

お客が入ってきてしまったためレジの中でこれ以上話をしているわけにもいかず、虎木は仕方なく、灯里が開封した梱包を拾ってスタッフルームへと下がる。

とりあえず紙ジャケットを傷つけないように梱包に入れ直して、さていつ次にザーカリーと会うかとカレンダーを見て、ふと気付いた。

「確か、来週まではいるんだよな」

虎木はスリムフォンを取り出し、電話をかける。

「ああもしもし。百万石。今いいか。明日お前時間あるか？　ああ夜。当たり前だろ。すまないがまた船にお邪魔させてもらえるか？　ちょっと顔見に行こうと思ってな……悪いな。それじゃ頼んだ。待ち合わせは元町中華街の駅前でな」

思いがけずすんなり受け入れられて虎木はほっと胸をなでおろす。

あれから一週間。様子も気になっていたところだし、丁度いいだろう。

「折角だ。両方サインがありゃ、灯里ちゃんも喜ぶだろ。ザックとアナさんにはこの後頼むとして、あとは百万石が上手くとりはからってくれりゃ御の字だな」

虎木は梱包用に常備されているガムテープでCDを梱包し直すと、大事に小脇に抱え、タイムカードを切ってスタッフルームを出た。

帰り支度を整えたその方には、黒い楽器ケースが担がれている。

「珍しいですね。虎木さんが大きな荷物持ってるの。何なんですか、それ」

「これからザックと修行なんだ。それに使うやつ」

「この時間からですか？　公民館とか空いてませんよね？」

「池袋に二十四時間営業の貸しスタジオがあるんだ。最近そこでやることが多くて。遅れるとうるさいから、そんじゃな」

「はぁ、スタジオ。え、もしかしてそれ楽器ケースですか？」

詩澪は虎木の修行を戦闘訓練だと思っているため、スタジオという単語がどうにも結びつかない。

だが虎木はその意に介さず手を振ると、寒空の下、身を細めながら走って行ってしまった。

「まさか、虎木さんまでジャズやり始めるんじゃありませんよね？」

詩澪はそれを見送ると、嘆息する。

「いつも人の事ばっかり。もう少しがつがつ自分のために生きればいいのに」

虎木が去った自動ドアを見送る詩澪の耳には、呪符の耳飾りが揺れていた。

「でも、そんなんでも仲間は増えるみたいだし、目標にも近づいてそうだから、世の中分からないなぁ」

詩澪は呪符の耳飾りを外すと、ポケットに放り込む。

「吸血鬼になるの、諦めた方がいいのかなぁ」

※

横浜港に係留されているその船は、一見して用途の分からない船だった。

シルエットだけなら貨物満載のコンテナ船だが、その全てが白に染め抜かれており、係留されている船の中ではひときわ異彩を放っている。

サンシャインのホールで理沙と戦った三日後。虎木は何の因果か、また横浜港へとやってきていた。

「移動聖域、太陽の船。闇十字が誇るファントム収容施設。その第一号船だ」

アイリスの押す車椅子に乗せられたオールポートが、その威容を見上げて言った。

「一号？」

「この船だけで世界中の闇十字が捕らえたファントムを収容できるはずがないだろう。同じ規模の船があと十隻、世界中を巡っている。行くぞ」

オールポートとアイリスを先頭に、虎木、未晴、ザーカリー、そしてアナが埠頭の乗り場へと向かう。

よく見ると埠頭は勿論のこと、船のそこかしこに歩哨のように修道騎士達の姿が見える。

「この警備なら、さすがに東京駐屯地のようなことにはならないで済みそうだ」

ザーカリーが軽く突くが、オールポートはそれをあっさりと流した。

「ああ。今回のことで本国から私に対する懲戒が発せられるだろうな。そこが入り口だ」

日本人ではない修道騎士がオールポートと何事かを話し、虎木達を見て怪訝な顔をする。

それはそうだろう。オールポートとアイリス以外は全員ファントムなのだ。

だが最終的にはオールポートが何事か鶴の一声を入れて、修道騎士は道を空けた。

「さあ、行くぞ。今後はここで、リサ・ハトリの一党は生活することになる」

理沙の襲撃を受けたオールポートと東京駐屯地は、緊急事態を受けた仙台と名古屋の駐屯地から応援がやってきて、比企家が拘束した理沙達を引き渡した。

幸いにして、と呼ぶべきか、理沙達に捕らえられたという網村は『保管』されていた。

捕縛されていた吸血鬼は網村だけではなく、完全に意気が挫けていた樹里の供述で、彼らはあの後に太陽の船を襲撃するための『ストック』だったことが判明した。

太陽の船の運航計画を一介の吸血鬼が知っていることで、仙台と名古屋の闇十字はかなり理沙達を警戒していた。

だがいずれにせよ背景の調査は東京駐屯地では処理しきれないと判断が下り、結果的に理沙他何人かの吸血鬼は、太陽の船に『収容』されることに決まった。

理沙が言うにはファントムに対し人体実験を行い、オールポートのような修道騎士の特殊能力を奪っている、ということだったが、

「ザーカリー・ヒル。アナ・シレーヌ。この船には貴様らの良く知る男も乗っている」

「え？」

虎木とアイリスが振り向くと、ザーカリーとアナは泰然と頷いた。

「もちろん知ってる。だから来た」

「八年ぶりね。中に楽器はあるのかしら」

ザーカリーとアナが知っている何者か。

真っ白な外観に比べ、内部はちょっとした高級リゾートのような内装だった。

程よい空調の廊下を歩くと、修道騎士の歩哨が立つゲートの向こうで、一人の男性がガラス越しにこちらに手を振っていた。

「やあ、久しぶりだね。アナ。それにヒル」

「久しぶり。元気そうね」

アナが男性に駆け寄ってお互いにハグすると、ザーカリーが虎木とアイリスに言った。

「奴はザカライア・ジョンソン。ZACHの先代のサックスで、奴も吸血鬼だ」

ザーカリーとアナのジャズバンドの先代サックス。

思えば二人の仲間であるチャーリーとヒューバートはファントムのことを知っていたのだから、先代もファントムであっても何ら不思議は無かった。

「ザカライア・ジョンソン。つい三日前に入った吸血鬼の少女の様子はどうだ」

「ああ、オールポート。リサのことだね。さすがにまだ心を開いてはくれませんよ。ただ、立ち直りは早いんじゃないかな。一回だけ、楽器を触った形跡があった」

「リサちゃんが、ZACHの先代から楽器を？」

アイリスが驚いてオールポートとザカライア、そしてザーカリーを見ると、ザーカリーが急に虎木と肩を組んで言った。

「いつもこいつに言ってきたことだ。吸血鬼として生きるなら趣味を持て、とな」

理沙が拘禁されている部屋は、外からはビジネスホテルの部屋と変わらぬ様子に見えた。

虎木はオールポートとともに、部屋の窓越しに理沙と面会していた。

「実際暮らしやすいよ。ご飯はちょっと微妙だけど」

理沙は顔を俯かせたままぽつりぽつりと話す。

「おせっかいな奴がサックス置いて行ってさ。暇だからいじってみたけど、どこをどうすればいいか全然分からないんだ」

「俺も実はやらされてる。難しいよな」

「楽器なんて小学生の頃に学校でやらされてたリコーダー以来だよ。できればピアノやってみたかったな。うち、貧乏だったからそういうのできなくてさ」

「サックスだって下手なピアノよりよっぽど高いらしいぞ」

「ん。まぁ、贅沢は言ってらんないのは分かるよ。ここの環境、聞いてたのと大分違うし。毎日何時間も健康診断だ検診だってやられるのは面倒だけどね」

理沙の服も、刑務服のような画一的なものでなく、虎木達の前でも着ていたことのある彼女の私物だった。

「それがただの面倒で済むか、貴様らがタカシ・カラスマから聞いていたような非道な実験の対象になるかは、貴様らの態度次第だ。それは重々分かっているな」

「はいはい、分かってまーす。車椅子で凄んだって迫力無いよ。ナイトウォーカーさん」

釘を刺したオールポートに、分かっているのかいないのか、理沙は一瞥もくれなかった。

「そうだ。樹里は、どうしてる？」

「もう腕は治ってるよ。今は比企家の監督下でイエローガーベラに復帰してる」

「そっか」

理沙は初めて笑顔を見せた。

「お兄ちゃんさ、私が本当のこと言わなかったからって、イエローガーベラの全部が嘘だと思ってる?」

「……いいや」

イエローガーベラを訪ねたあの日見た子供達や指導員たちの様子までが虎木達を欺く仕込みだったとは思えなかった。

良明からも不審な情報は降りて来ておらず、イエローガーベラの運営自体は看板通りに行われていたと考えるべきだろう。

「出日さんがイエローガーベラに帰ったとき、指導員の人と子供達に迎えてもらって、泣いてたよ。でも、君の力になれなくて申し訳ないとも言っていた」

出日樹里は理沙の一党の中で最も若い吸血鬼であり、吸血鬼化して五年目。年齢も外見とほとんど変わらぬ三十歳。

理沙がデイウォーカーの戦力を整える途中で出会った吸血鬼で、家族の血を分け与えられて細々と生活していたところを、イエローガーベラで再び社会に出ることができた。

吸血鬼として生きる方法を教えてくれた理沙に心酔していて、デイウォーカー化は、理沙の狩った吸血鬼の心臓を使ったため、樹里自身は誰一人殺したことはなかった。

　これらの情報が闇十字と比企家に認められたのは、理沙が樹里の免罪を願って自白したことに加え、七雲の『コピー』によってその証言の裏を取れたことが大きかった。

「出日樹里の身柄は、比企家が預かることになります。また、烏丸がいなくなったことで打ち切られていた支援は、比企家が引き継いで行います。あの夜間学童の今後の運営については、心配無用です」

「分かりました。ありがとうございます」

　未晴の申し出に対しては、理沙ははっきりと顔を上げてから頭を下げた。

「はぁ……イエローガーベラが大丈夫なら、あとはもういいや」

　樹里以外の吸血鬼や理沙は、把握されている以外にも大勢の吸血鬼を殺害した他、闇十字に敵対するテロを主導したために放免とはならなかった。

　本来なら比企家からも闇十字からもその場で討伐されてもおかしくない状態だったが、オールポートと中浦が『デイウォーカーの研究のため』という名目で、太陽の船への収容が決まった。

　不意を打たれ襲われた二人が言うには、生きたデイウォーカーの吸血鬼は単純にデータが少ないため、これから長い時間をかけて研究対象になるのだという。

「……理沙ちゃん」

「……ありがと。まだ名前呼んでくれるんだね、お兄ちゃん」

理沙は小さく微笑むと、窓の向こう側にある扉が開いて、修道騎士とは違う、医療用スクラブシャツとパンツのような制服に身を包んだ男性が入って来た。

「理沙。検査の時間だそうだ。そろそろ」

「ああ、お兄ちゃん。分かった」

理沙は振り向いて立ち上がると、虎木達に手を振る。

「じゃあね、お兄ちゃん」

憑き物の落ちたような顔で理沙は扉の向こうに消えてゆき、理沙の兄である羽鳥博司も、窓越しに虎木達に一礼をして去っていった。

「なぁオールポート……理沙ちゃん達がこの船から降りられる日は来るのか」

「難しいだろう。奴は同族を殺しすぎた。ジロウ・ナタシ殺害や、その心臓を一党で分けて食った結果、ただのデイウォーカーというだけでなく『血の連動』すら見せている。研究対象として、長い間観察されることになる」

「それもこれも、彼女が吸血鬼にされさえしなければなかったことだ。この船には理沙ちゃんの『親』がいるって……」

「それも確かなことではない。彼女がそう信じているだけで、調査も研究もこれからだ。まぁ……『親』の血を吸い返せば人間に戻れる、という話が本当なら、その瞬間まで彼女はここで、闇十字の資料として生かされ続けることになるだろう」

理沙が糾弾したような、非道な実験施設ではなかった。だが一方で、体の良い標本として扱われることになるのは確かなようで、未晴が忌避するのもまた理解できた。

「それでも彼女は幸運だ、寄り添う家族が共に船にいて、もしかしたら人に戻ることもできるかもしれないんだからな」

「幸運、か？」

吸血鬼にされ、何十年も子供の姿のまま、遂に身柄の自由も失う。

たとえここで兄と安らぎの生活を得たとして、それは幸運なのだろうか。

「幸運さ。限りない幸運だ。これ以上罪を犯しさえしなければ、愛する家族とともに生き続けることができる。それに勝る幸運があるか」

「あの兄貴は人間だ。理沙ちゃんよりも先に死ぬぞ」

「遺す者と遺される者がいるのは人間だって変わらん。そこを乗り越えるのも、乗り越えずに諦めるのも、また人生だ」

オールポートは車いすを回転させて、面会スペースを出ようとする。

「そうだな。私の人生で今初めて、ファントムの意見に賛成したいことができた」

「え？」

「長く生きるなら趣味を持つべきだ。もしリサ・ハトリがこれから先、兄を喪ったとしても、心を込めて打ち込めるものがあるのなら、彼女はそれを乗り越えられる。別にそれが音楽である必要はないがな」

「なぁ、オールポート。ザックのその言葉には続きがあるんだ。『戦いは仕事にはなっても趣味にはならん』ってな」

「それがどうした」

「ナイトウォーカー、ってのは、何だ？」

「……」

「理沙ちゃんは烏丸さんから、修道騎士達の超常的な力の源がこの船にあると聞かされた。さっき言ってた調査や研究の結果がそれなんだとしたら、あんたには『ナイトウォーカー』以外に何がある」

「……吸血鬼が、闇十字騎士団長の人生を評価する気か」

「お前のことなんか知るかよ。アイリスがこの先どんな道を選んでもいいように、先輩が覚悟したときの話を聞いておきたいだけだ」

振り向いたオールポートは一瞬目を丸くして、それから小さく噴き出した。

「何だよ！」

「またイェレイの騎士がそういうことになるのかと腹立たしくなっただけだ」

「は？」

「せいぜいミハル・ヒキに背後から刺されないようにしろ。それと、ナイトウォーカーに関しては闇十字の最高機密に属するものだ。今回のお前の働きを鑑みても、教えられんな」

オールポートが先に面会室から出てゆき、一人残された虎木は、ガラス越しに理沙のサックスを見る。

「趣味、かぁ」

※

「……ええ?」

ザーカリーに指定されたスタジオに入った途端、虎木は怪訝な声を上げた。

いつものようにザーカリーがサックスを抱え、アナがピアノの傍らにいる。

それは良いとして、何故か未晴が三味線を抱えて待っていたのだ。

「こんばんはユラ。良い夜ね」

「はぁ」

アナの挨拶にも生返事で返してしまうくらい、サックスとピアノの間に挟まった三味線は異彩を放っていた。

「ええと、どうした、未晴」

実に間抜けな問いかけだが、他に聞きようがなかった。

「どうした、ではありません虎木様」

「何が」

「私、太陽の船で聞いて驚きました。てっきり虎木様はザーカリー・ヒルから戦闘訓練を受けているとばっかり思っていたのに、こんなことをしていたなんて。音楽でしたら、私も一家言あるんです」

べべん、と未晴が堂に入ったバチさばきでキレのある音を響かせる。

「いや別に俺はザック達から音楽を習ってるわけじゃなくて、これも吸血鬼の力を底上げするための修行なんだよ。俺のサックス、ザックに借りてる銀のサックスでそれでスタミナを……えっ」

虎木は必死に説明するが、何故か未晴は不満顔で目を潤ませている。

「酷いです虎木様。どうして私にそんな嘘を」

「えっ？　い、いや嘘はついてないぞ⁉　な。なぁザック、アナさん、そうだよな⁉」

「でしたらどうして！」

その瞬間、虎木の背後でスタジオのドアが開いた。

「皆ごめんなさい。遅くなっちゃっ……て」

「アイリス・イエレイには、声をかけているんですかっ！」

「み、ミハル⁉　何でいるの⁉」

虎木の後に入って来たのは、道中走ってきたのだろうか、息を切らせたアイリスだった。

全くそんな事実はないのだが、未晴の気迫に押された虎木は、恋人に浮気が見つかった男のような狼狽え方をしてしまった。

「い、いや、別に深い意味は無くて、俺がこういうことやっててアナさんに協力してもらってるって話したら、今回はどうしてもアイリスも参加したいって言うからそれで……」

「深い意味は無いって、そうなの、ユラ。私のピアノ聴いてくれる約束を守ってくれるんだと思ったのに……」

するると今度はアイリスがどこか傷ついたような顔をして、虎木はまた慌ててしまう。

「い、いや、違う！　そう言う意味の深い意味じゃなくて！　そのつもりはちゃんとあって、だからアナさんにも頼んでこうして来てもらったろ⁉」

「じゃあ何でミハルがいるの⁉」

「俺が聞きてぇよ‼」

「太陽の船でザーカリー・ヒルから聞きました」

「パパっ‼」

「俺は聞かれたことに答えただけだ」

事の原因であるザーカリーは特に悪びれる様子も無い。

「アイリス・イェレイ、白状なさい。アナ・シレーヌからピアノを学んで何をする気ですか」

「な、何をって何よ」

「アナ・シレーヌは歌と音楽で災厄を引き起こすサイレーンの一族と聞きました。まさか、ピアノにかこつけて虎木様を誘惑しようと考えているんじゃないでしょうね！」

「な、ななな⁉　そ、そんなこと考えるわけないでしょっ！　わ、私はただ、ユラと一緒にアナにピアノを教わりに来ただけよっ‼」

サンシャインの戦いで、三々五々に逃げようとした理沙の一党の足を止めたピアノと歌は、アナの仕業であった。

現代では海魔や人魚として伝わるサイレーンは、その原典はかつて虎木が言ったように、鳥の魔物。

アナは齢四百年を数えるサイレーンの一族であり、音楽はもちろん鳥の性質を十全に生かした戦闘術で、公民館の修行ではザーカリー以上に虎木を翻弄してきた。

そして今、未晴の話にアナは大きく指を慣らす。

「ああ。それはいいアイデアね。リル・アイリス。リル・ミハル。折角だから、想い人を虜にするためのいい曲教えましょうか？」

「け、結構です！」

アイリスは顔を真っ赤にして首を横に振るが、

「是非お願いします」

アイリスにあらぬ疑いをかけた未晴の方は真顔で教えを乞う体制になった。

「ミハルは何がしたいのよ！　アナにあんなこと言っておいて、プライドは無いわけ！」

「虎木様と添い遂げるためなら手段は問いません。それが私のプライドです」

「俺は修行に来たんだってば……」

アナを囲んで益体も無い言い争いを始めるアイリスと未晴を見て、虎木はどっと疲れるが、その虎木の尻をザーカリーが叩いた。

「これも修行だ」

「どこがだよ！」

「自分を大切に思ってくれる女との付き合いも、人生を豊かにする修行だ。人生を豊かにするもんは、どれだけあっても困りはしない」

「この二人が喧嘩し始めると困ることばっかりなんだがな！」

「それをうまく捌ききるのもお前の甲斐性だろう。まぁ、今のお前じゃ無理か」

「秒で見限るなよ！」

「私は虎木様が虎木様である限り、いつ如何なる時でも受け止める準備がありますから仰ってくださいね！」

「ミハル！　まだ話は終わって無いわ！」

「あなたみたいな狡猾な蛇にユラは渡さないわ！」

猫と蛇の背後に、今再び、虎と龍のエネルギーが昇り立つ。

「さあさ、ここは音楽の場よ。この場の優劣は音楽で決めましょう。ユラ。ザック。準備はいい？」

アナの合図に合わせ、アイリスは未晴を睨みながらピアノの前に座り、未晴は牙を剝きながら三味線を調弦する。

「こりゃ、お前の出る幕は無いな」

それから一時間、虎木の音楽レベルでは太刀打ちできないラップバトルならぬ音楽バトルが繰り広げられ、そして、

「ユラ！」

「虎木様！」

「リル・アイリスとリル・ミハルの音色。ユラはどちらが好みかしら？」

行くも退くもならぬ地獄の選択を迫られるのだった。

※

午前四時半。

明治通りすら行き来する車もまばらな時間を、虎木とアイリスは並んで歩いていた。

「それにしてもユラ、凄いじゃない。この短い間に一曲吹けるようになってるなんて」

「別に大したことじゃない。ザックとアナさんと未晴が伴奏で盛り上げてくれてるだけだ」

パッヘルベルのカノンのたった8音しか奏でない虎木に合わせ、ザーカリーとアナ、そして未晴が曲を会わせると、まるで自分が超絶技巧を得たかのような錯覚に陥るような音色に聴こえた。

「いつもの俺と同じだ。まだまだ人に助けられなきゃ何もできないも同然の状態だよ」

「全く何もできてないなら、パパ達だってどうしようもないもの。……それに悔しいけど、私のピアノより、ミハルのシャミセンの方が技術的に優れていたわ。ユラがまだまだなら、私だってまだまだだわ」

「俺が未晴の三味線が上手いって言ったら怒ってたくせに」

「それとこれとは別！　分かるでしょ！」

どちらも良い、では納得してもらえず、アイリスのピアノにはアナという比較対象がいたため、苦渋の決断で未晴の三味線を支持したところ、未晴は散々に勝ち誇り、アイリスはくやしさとも怒りとも嫉妬ともつかぬ表情のまま、スタジオの終了時間までずっと虎木を睨んでいた。

「でも聞いて、私ちょっと大きな買い物したの。見てこれ」

アイリスのスリムフォンの画面には、虎木も聞いたことのある楽器メーカーの電子キーボードが表示されていた。

「これなら日中練習して、ユラが起きる時間くらいならマンションで音出しても怒られないし、持ち歩けるからパパやアナさんがいないときも、ユラの修行に付き合えるわ！」

「いいのかよ。結構高そうだけど」

「少しでもユラに返せるところは返していかないと。大体私一人じゃ、ミハルに敵わないことばっかりなんだから」

不思議とそういうところは認められるものらしい。

「それじゃあ、まぁ時間があるときには頼らせてもらうよ」

「任せて！」

アイリスは嬉しそうに頷いてスリムフォンをしまうと、思い出したように虎木を見上げる。

「そう言えばシスター・ユーリに聞いたわ。また太陽の船に、リサちゃんに会いに行くの？」

「もうすぐ日本を離れるんだろ。あとはまぁ灯里ちゃんに頼まれたことがあって、折角だからザカライアにも昔の話を聞いておきたくてな」

「パパの先代サックスが太陽の船にいるなんて、聞いたこともなかった。もし出来たら、そのあたりの事情も聞いて来てもらえる？」

「ザック達が話さないから、あんまり期待はすんな。俺もザックの昔のこととか聞いてみたいんだけどな」

　やがて雑司が谷駅の方へと折れる道に至り、二人は雑司が谷の街に足を踏み入れる。

「あのね、ユラ。『ナイトウォーカー』のことなんだけど」

「オールポートは、機密だって言ってたぞ。無理に話さなくても……」

「ううん。あなたには知っていてほしいの。私にも関係のあることだから。て言っても、私も別にそこまで詳しく知ってるわけじゃないけど」

　頼りない前置きだが、アイリスは話し始める。

「話としては単純なの。吸血鬼みたいに肉体の構造を致命的に変質させるような性質でなければ、ファントムの『核』となる部位を移植して生まれるのが『ナイトウォーカー』よ。大抵のファントムは夜の方が力が増して、日中は力が制限されるでしょ。だからナイトウォーカーの力も、夜の方が強くなる。シスター・オールポートは、複数のファントムの能力を持った現役最強の騎士であり、ナイトウォーカーなのよ」

　ファントムの部位の移植。

　理沙や太陽の船の成り立ちを聞けば、事の是非は別として、その事実はそこまで驚くべきことではなく、十分想像し得るものだった。

「でもね、全員が全員、ナイトウォーカーになれるわけじゃない。人間の臓器移植と同じで適合しなければ能力は得られないし、適合しない移植は致命的な障害を引き起こすわ。だからむしろ、シスター・オールポートみたいな人は闇十字（やみじゅうじ）の中でもごく稀（まれ）なの」

「なるほどな」

あんな騎士が当たり前のようにいれば、それこそファントムは何百年も前に根絶されていただろう。

だがそこまで考えてふと、虎木（とらき）はアイリスを見た。

その横顔は沈んでいた。

「私も、シスター・ナカウラも、シスター・ユーリも、ナイトウォーカーではないわ。適性検査を受けて、弾（はじ）かれてる。でも……私、パパやミハルほどじゃなくても、強いでしょ？　どうしてなのかって、考えることは、あるわ。そして私のママは……ユーニス・イェレイは、ナイトウォーカーじゃなかったのに、現役最強のナイトウォーカーであるシスター・オールポートと互角の力を持っていた。どうしてなんだろうって、今でも考える。私や詩澪（シーリン）が、僵尸（キョンシー）の道術を使える理由もね」

詩澪（シーリン）はアイリスのような超人的な体術は持ち合わせていないが、それでも僵尸（キョンシー）の道術を行使できる。

超人的な体術と体力を持つアイリスはその詩澪（シーリン）から術を教わり、すぐにそれを行使してみせた。

「『人間』って、何なのかなって、考えることが増えた。あなたを、好きになってから」

「アイリス……」

「だって、人間が吸血鬼になれるんだもの。それに人間と吸血鬼は、見た目では全然違いが分からない。私は……私達修道騎士達は……もしかしたら」

「人間社会に生きてりゃ人間だ。それで良いだろ」

虎木は丸くなったアイリスの背を叩く。

顔を上げると、そこはいつの間にか、二人が住むブルーローズシャトー雑司が谷の前だった。

「烏丸さんも理沙ちゃんも、愛花だって、人間社会の中で人間らしく振る舞って生きてるんだ。あいつらが人間面してたんだから、俺達が人間だって名乗っても誰も文句言わないだろ」

「……うん」

「だからって、別にファントムで悪いわけじゃない。未晴や七雲、網村や相良や白川さん、それに京都で会ったり話に聞いた連中も何だかんだしっかりこの世界で生活してる。梁さんなんかは人間なのにファントムの世界で生きてたっていう俺と対照的なとこにいるけど、アイデンティティに困ってるようには見えないしな。正解は俺とアイリスでも大きく違って、絶対の正解なんか探すこと自体が間違ってる話なんだ、きっと」

「そう、なのかな」

「そういうことにしとけ。夜中は色々面倒なこと考えがちだ。この時間まで付き合わせた俺が言うのもあれだが、さっさと寝て昼間はどっか外で飯でも食って来いよ」

マンションの入り口から共用廊下に入り、虎木とアイリスはそれぞれ一〇四号室、一〇三号室の前に立つ。

「でも……やっぱりまだ私、外で一人でご飯食べるの、難しいのよね。男性の店員さん、怖くて」

「ンなこと言ってたら本当、今後生活できないぞ」

「仕方ないじゃない。この性質ばっかりはそう簡単に治るものでもないし……あ、そうだ」

「ん？」

「そろそろワラクさんのお見舞い、行ってもいい頃じゃない？」

「ああ、確かに」

秋田から白川と共に東京に戻った和楽は、理沙との戦いの二日後に入院し、つい三日前に、最初の手術に臨んだ。

良明からの連絡では、まだまだ予断を許さないが、それでも術後は先の展望が見える結果になっているらしい。

「お昼の内に、お見舞いの品、買っておくわ。イケブクロ駅の地下なら、女性の店員さんのお店を選べば大丈夫だから」

「悪いな。頼む」

「任せて」

アイリスは大きく頷（うなず）くと、ふと、虎木（とらき）の側に歩み寄った。

「ん？　まだ何かあ……」

そして、すっと背を伸ばして、虎木（とらき）の頬にキスをした。

「おやすみなさいユラ。また明日」

そして、頬を染めながら太陽のように明るい笑顔で、足早に自分の部屋に引っ込んでしまった。

虎木（とらき）はキスされた頬に手を当て、困惑気味の笑顔を浮かべる。

「返事する前に帰んなよな」

双方向の挨拶こそ、人間社会の基本だ。

「……また明日な。おやすみ、アイリス」

ドア越しにそう言って、虎木（とらき）も自分の部屋へと入る。

午前五時まであとわずか。

東の空がもう白み始め、新しい朝が人間の世界にやってくるその時間、吸血鬼と、吸血鬼を取り巻く者達と、吸血鬼を愛する者達の生活は、眠りへと帰ってゆくのだった。

―了―

消化器

作者はいつもあとがきの話題を探している ― AND YOU ―

朝のリビングでコーヒーを飲んでいると、今年（二〇二二年）小学校に上がった息子が、

「お父さんこれから寝るの？　おやすみなさい」

と言うようになってしまいました。

和ヶ原の父は謹厳実直なサラリーマンであり、朝早くに目覚めて出勤し、夜遅くに帰宅して眠る男でした。

父となった和ヶ原は息子が小学校に行く時間に寝て、子供が帰ってきて少ししてから起きる親になってしまいました。

〝Be living vampire life〟【昼夜逆転の生活を送っている】な親は息子の目にどのように映っているのか不安ですが、それでも夜型生活を改められません。

お久しぶりです和ヶ原聡司です。

大人になると人はよく『テストの問題が解けない』とか『授業で指名されて回答できない』といった類の悪夢を見ることがあります。

ですが和ヶ原の場合、現在の夜型生活に対する不安が夢にまで影響しているのか『朝起きられず、特定の曜日の午前中の授業を欠席し過ぎて必要出席日数が足りなくなる』という異様に

具体的な悪夢に定期的に悩まされています。

夢の中の和ヶ原(わがはら)は、大体水曜の午前の数学と英語の授業をサボっているようです。

高校も大学も一応ストレートに卒業したはずなんですが、それでも息子の小学校のタイムスケジュールを見ると、自分はよく小学校を卒業できたと思うので、多分この悪夢には一生悩まされ続けることになるんでしょうね……。


本書では、主人公虎木(とらき)がようやく長い悪夢から抜け出すために動き始めます。

現実問題として、夜型生活の人間も本当に必要なときには日中活動することもあるわけで、ほんのわずかなきっかけと勇気があれば、人間今の環境を変えられるかもしれない、というお話です。

ただこんなことを言って、こんなお話を書いてる私はきっと次のお話でも夜型生活についてあれこれぐちぐち語っていることでしょう。

できればそんな予言が成就(じょうじゅ)せず、子供に尊敬してもらえる朝型生活になっていることを願って、また次のお話でお会いしましょう。

それではっ!!

◉和ケ原聡司著作リスト

「はたらく魔王さま!1～21」(電撃文庫)
「はたらく魔王さま!0、0-Ⅱ」(同)
「はたらく魔王さま!SP、SP2」(同)
「はたらく魔王さまのメシ!」(同)
「はたらく魔王さま! ハイスクールN!」(同)
「ディエゴの巨神」(同)
「勇者のセガレ1～4」(同)
「スターオーシャン:アナムネシス -The Beacon of Hope-」(同)
「ドラキュラやきん!1～5」(同)

本書に対するご意見、ご感想をお寄せください。

ファンレターあて先
〒102-8177　東京都千代田区富士見2-13-3
電撃文庫編集部
「和ヶ原聡司先生」係
「有坂あこ先生」係

本書は書き下ろしです。

電撃文庫

ドラキュラやきん！5

和ヶ原聡司（わがはらさとし）

◇◇◇

2022年6月10日　初版発行

発行者　青柳昌行
発行　株式会社KADOKAWA
〒102-8177　東京都千代田区富士見2-13-3
0570-002-301（ナビダイヤル）
装丁者　荻窪裕司（META＋MANIERA）
印刷　株式会社暁印刷
製本　株式会社暁印刷

●お問い合わせ
https://www.kadokawa.co.jp/（「お問い合わせ」へお進みください）
※内容によっては、お答えできない場合があります。
※サポートは日本国内のみとさせていただきます。
※Japanese text only

※定価はカバーに表示してあります。

ISBN978-4-04-914039-2　C0193　Printed in Japan

電撃文庫　https://dengekibunko.jp/

電撃文庫創刊に際して

文庫は、我が国にとどまらず、世界の書籍の流れのなかで〝小さな巨人〟としての地位を築いてきた。古今東西の名著を、廉価で手に入りやすい形で提供してきたからこそ、人は文庫を自分の師として、また青春の想い出として、語りついできたのである。

その源を、文化的にはドイツのレクラム文庫に求めるにせよ、規模の上でイギリスのペンギンブックスに求めるにせよ、いま文庫は知識人の層の多様化に従って、ますますその意義を大きくしていると言ってよい。

文庫出版の意味するものは、激動の現代のみならず将来にわたって、大きくなることはあっても、小さくなることはないだろう。

「電撃文庫」は、そのように多様化した対象に応え、歴史に耐えうる作品を収録するのはもちろん、新しい世紀を迎えるにあたって、既成の枠をこえる新鮮で強烈なアイ・オープナーたりたい。

その特異さ故に、この存在は、かつて文庫がはじめて出版世界に登場したときと、同じ戸惑いを読書人に与えるかもしれない。

しかし、〈Changing Times,Changing Publishing〉時代は変わって、出版も変わる。時を重ねるなかで、精神の糧として、心の一隅を占めるものとして、次なる文化の担い手の若者たちに確かな評価を得られると信じて、ここに「電撃文庫」を出版する。

1993年6月10日
角川歴彦

電撃文庫DIGEST　6月の新刊

発売日2022年6月10日

第28回電撃小説大賞《金賞》受賞作

竜殺しのブリュンヒルド

著／東崎惟子　イラスト／あおあそ

第28回電撃小説大賞《銀賞》受賞作。竜殺しの娘として生まれ、竜の娘として生きた少女、ブリュンヒルドを翻弄する残酷な運命。憎しみを超えた愛と、愛を超える憎しみが交錯する！　電撃が贈る本格ファンタジー。

姫騎士様のヒモ2

著／白金 透　イラスト／マシマサキ

進まない迷宮攻略に焦る姫騎士アルウィン。彼女の問題を解決したいマシューだが、近衛騎士隊のヴィンセントによって殺人事件の容疑者として挙げられてしまう。一方、街では太陽神教が勢力を拡大しており……。大賞受賞作、待望の第2弾！

とある科学の超電磁砲（レールガン）

著／鎌池和馬
イラスト／はいむらきよたか、冬川 基、ほか

『とある科学の超電磁砲』コミック連載15周年を記念し、学園都市を舞台に、御坂美琴、白井黒子、初春飾利、佐天涙子の4人の少女の、平和で平凡でちょっぴり変わった日常を原作者・鎌池和馬が描く！

魔法科高校の劣等生 Appendix①

著／佐島 勤　イラスト／石田可奈

『魔法科』10周年を記念して、今となっては入手不可能なBD/DVD特典小説を電撃文庫化。これは、毎夜繰り広げられる、いつもの『魔法科』ではない『魔法科高校』の物語——『ドリームゲーム』を収録！

虚ろなるレガリア3 All Hell Breaks Loose

著／三雲岳斗　イラスト／深遊

暴露系配信者の暗躍により龍の巫女であることを全世界に公表されてしまった彩葉と、連続殺人の冤罪でギルドに囚われたヤヒロ。引き離された二人を狙って、新たな不死者たちが動き出す——！

ストライク・ザ・ブラッド APPEND3

著／三雲岳斗　イラスト／マニャ子

寝起きドッキリや放課後デートから、獅子王機関の本拠地で起きた怪事件まで。古城と雪菜たちの日常を描くストブラ番外篇第三弾！　完全新作を含めた短篇・掌編十五本とおまけSSを収録！

声優ラジオのウラオモテ #07 柚日咲めくるは隠しきれない？

著／二月 公　イラスト／さばみぞれ

「自分より他の声優の方が」ファン心理が邪魔をするせいでオーディションに弱く、話芸で台頭してきためくる。このままじゃ駄目だと気づきながらも苦戦する、大好きで可愛い先輩のため。夕陽とやすみも一肌脱ぎます！

ドラキュラやきん!5

著／和ヶ原聡司　イラスト／有坂あこ

父・ザーカリーとの一件で急接近したアイリスと虎木。いつもの日常を過ごしていたある日、二人は深夜の街で少女・羽鳥理沙をファントムから救出する。その相手はまさかの"吸血鬼"で……!?

妹はカノジョにできないのに2

著／鏡 遊　イラスト／三九呂

雪季は妹じゃなくて、晶穂こそが血のつながった妹だった!?　自分にとっての"妹"はどちらなのか……。答えが出せないまま、晶穂が兄妹旅行についてくると言い出して!?　複雑な関係がついに動き出す予感が——！

友達の後ろで君とこっそり手を繋ぐ。誰にも言えない恋をする。2

著／真代屋秀晃　イラスト／みすみ

どうかこの親友五人組の平穏な関係が、これからも続きますように。そう心から願っていたのに、恋仲になることを望んでいる夜瑠と親密になっていく。バレたらいまの日常が崩壊するのは確定、だけどそれでも——。

新作

明日の罪人と無人島の教室

著／周藤 蓮　イラスト／かやはら

未来測定が義務化した世界。将来必ず罪を犯す《明日の罪人》と判定された十二人の生徒達は絶海の孤島『鉄窓島』に集められる。与えられた条件は一つ。一年間の共同生活で己が清廉性を証明するか、さもなくば死か。

応募総数 4,411作品の頂点！
第28回 電撃小説大賞受賞作
好評発売中

『姫騎士様のヒモ』

著／白金 透　イラスト／マシマサキ

エンタメノベルの新境地をこじ開ける、
衝撃の異世界ノワール！

姫騎士アルウィンに養われ、人々から最低のヒモ野郎と罵られる元冒険者マシューだが、彼の本当の姿を知る者は少ない。「お前は俺のお姫様の害になる——だから殺す」。選考会が騒然となった衝撃の《大賞》受賞作！

『この△ラブコメは幸せになる義務がある。』

著／榛名千紘　イラスト／てつぶた

平凡な高校生・矢代天馬は、クラスメイトのクールな美少女・皇凜華が幼馴染の椿木麗良を密かに溺愛していることを知る。だが彼はその麗良から猛烈に好意を寄せられて……!?　この三角関係が行き着く先は!?

『エンド・オブ・アルカディア』

著／蒼井祐人　イラスト／GreeN

究極の生命再生システム《アルカディア》が生んだ“死を超越した子供たち”が戦場の主役となった世界。少年・秋人は予期せず、因縁の宿敵である少女・フィリアとともに再生不能な地下深くで孤立してしまい——。

この△ラブコメは幸せになる義務がある。

[著] 榛名千紘
[ILL.] てつぶた

ラブコメ史上、
もっとも幸せな三角関係！
これが三角関係ラブコメの到達点！

平凡な高校生・矢代天馬はクールな美少女・皇凛華が幼馴染の椿木麗良を溺愛していることを知る。天馬は二人がより親密になれるよう手伝うことになるが、その麗良はナンパから助けてくれた彼を好きになって……!?

電撃文庫

My first love partner was kissing

私の初恋相手がキスしてた

[Iruma Hitoma]
入間人間

[Illustration] フライ

私の家に、ある日彼女がやってきて――

STORY

うちに居候をすることになったのは、隣のクラスの女子だった。
ある日いきなり母親と二人で家にやってきて、考えてること分からんし、
そのくせ顔はやたら良くてなんかこう……気に食わん。
お互い不干渉で、とは思うけどさ。あんた、たまに夜どこに出かけてんの？

陸道烈夏

illust

らい

「命（タマ）とられちゃったけど、文句あるか？」

この少女、元ヤクザの
組長にして――!?
守るべき者のため、
兄（高校生）と妹（元・組長）が蔓延る悪を討つ。
最強凸凹コンビの
任侠サスペンス・アクション！

タマとられちゃったよおおおお

YAKUZA GIRL

電撃文庫

今日も生きてて
えらい！
～甘々完璧美少女と過ごす３ＬＤＫ同棲生活～
[著] 岸本和葉 Kishimoto Kazuha
[ill] 阿月唯 Azuki Yui
日々頑張るあなたへ。
甘やかしたがりな彼女と過ごす
甘々同居生活。
その日、高校生・稲森春幸は無職になった。
親を喪ってから生活費のため労働に勤しんできたが、
少女を暴漢から救った騒ぎで歳がバレてしまったのだ。
路頭に迷う俺の前に再び現れた麗しき美少女。
彼女の正体は……ってあの東条グループの令嬢・東条冬季で――!?
電撃文庫

魔女学園最強のボクが、実は男だと思うまい

Nobody Think About Me, the Strongest Student at Witch School, is a Man in Fact.

Author
坂石遊作

Illustration
トモゼロ

「ユート。――魔女学園に潜入しろ」

男だけがなれる騎士と女だけがなれる魔女。二つが対立するなか、騎士のユートは騎士団長である兄から、女装して魔女学園に潜入せよというミッションを与えられた。兄の無茶ぶりを断ることができず、男子禁制の魔女学園に転入したユートに告げられたのは、世界を変える魔法の存在と、その魔法を使えるかもしれない魔女を、周囲の女子たちのなかから突き止めろというものだった――。

可愛い可愛い彼女がいるから、お姉ちゃんは諦めましょう?
わたし
［著］上月司
［絵］ろうか
Tsukasa Kohduki
Illustration
Rouka
告白失敗トライアングル!?
STORY
「ハイ、センパイ。あーん、ですよ」僕の彼女は可愛い。こんなに綺麗で可愛くて甘え上手な彼女がいるなんて、普通に考えれば幸せ以外の何でもない——はずなのに、僕が胃をキリキリさせて苦悶しているのには理由がある。僕が想いを寄せる、城之崎ゆかり先輩に告白を決意したその日は、二人きりで放課後の司書室で作業と決まっていた。これぞ転機と司書室に先輩が入ったのを確認し、思いの丈をぶつける……が。「好きです！　付き合って下さ——いっ!?」告白した相手が見知らぬ美少女だと気付きフリーズしていると、隣の保管庫から出てきたのは先輩だった!!「“お姉ちゃん”——告白されたので、この人と付き合うことになりました」先輩と後輩、姉と妹、あなたはどっち派？　誤爆から始まるこの恋の行方は!?
電撃文庫

The Method of Guard
護衛のメソッド
最大標的の少女と頂点の暗殺者
小林湖底
Author／Kotei Kobayashi
イラスト 火ノ
Illustration／Hino
敵は、全世界の犯罪組織。
一人の少女を護るため、
頂点の暗殺者が暗躍する。
裏社会最強の暗殺者と呼ばれた相原道真は、
仕事を辞め平穏に生きるため高校入学を目指す。
しかし、学園管理者から入学の条件として提示されたのは「娘の護衛」。
そしてその娘は、全世界の犯罪組織から狙われていて──。
電撃文庫

キミの青春、私のキスはいらないの？

Don't you need my kiss for your youth?

うさぎやすぽん

イラスト　あまな

「普通じゃない」ことに苦悩する
すべての拗らせ者へ届けたい
原点回帰の青春ラブコメ！

「ね、チューしたくなったら
負けってのはどう？」

「ギッッ!?」

「あはは、黒木ウケる
——で、しちゃう？」

完璧主義者を自称する俺・黒木光太郎は、ひょんなことから
「誰とでもキスする女」と噂される、日野小雪と勝負することに。
事あるごとにからかってくる彼女を突っぱねつつ。俺は目が離せなかったんだ。
俺にないものを持っているはずのこいつが、なんで時折、寂しそうに笑うんだろうかって。

ギルドの受付嬢ですが残業は嫌なのでボスをソロ討伐しようと思います
uketsukejou saikyou
残業回避!
定時死守!
(自分の)平穏を守るため、受付嬢が凄腕冒険者へと変貌する——!?
第27回電撃小説大賞金賞受賞

男女の友情は成立する？
＼いや、しないっ!!／
七菜なな
イラスト Parum
アタシと親友だけの青春やってようぜ！
友情を誓った親友同士が――まさかの〈両片想い〉に!?

和ヶ原聡司
イラスト 有坂あこ
satoshi wagahara
ill. aco arisaka

ドラキュラやきん!

DRACULA YAKIN!

夜しか外出できない吸血鬼が、
現代日本で選んだお仕事は
"コンビニ夜勤"!?

虎木由良は現代に生きる吸血鬼。
バイト先は池袋のコンビニ(夜勤限定)、
住まいは日当たり激悪半地下物件(遮光カーテン必須)。
人間に戻るため清く正しい社会生活を営んでいる。
なのにある日、酔っ払いから金髪美少女を助けたら、
なんと吸血鬼退治を生業とするシスター、アイリスだった!
しかも天敵である彼女が一人暮らしの部屋に
転がり込んできてしまい——!?
虎木の平穏な吸血鬼生活は一体どうなる!?

電撃文庫

チアエルフがあなたの恋を応援します！

石動将 Illust. 成海七海

Cheer Elf ga anata no koi wo ouen shimasu!

「あなたの片想い、私が叶えてあげる！」

恋に諦めムードだった俺が道端で拾ったのは——異世界から来たエルフの女の子!? 詰んだと思った恋愛が押しかけエルフの応援魔法で成就する——？　恋愛応援ストーリー開幕！